푸른사상
시선

116

염소가 아니어서
다행이야

성향숙 시집

푸른사상
PRUNSASANG

푸른사상 시선 116

염소가 아니어서 다행이야

초판 1쇄 · 2019년 12월 15일 | 초판 2쇄 · 2020년 3월 13일

지은이 · 성향숙
펴낸이 · 한봉숙
펴낸곳 · 푸른사상사

주간 · 맹문재 | 편집 · 지순이, 김수란 | 마케팅 · 김두천
등록 · 1999년 7월 8일 제2-2876호
주소 · 경기도 파주시 회동길 337-16(서패동 470-6) 푸른사상사
대표전화 · 031) 955-9111(2) | 팩시밀리 · 031) 955-9114
이메일 · prun21c@hanmail.net /prunsasang@naver.com
홈페이지 · http://www.prun21c.com

ⓒ 성향숙, 2019

ISBN 979-11-308-1487-2   03810
값 9,000원

푸른사상 시선 116

염소가 아니어서 다행이야

여름에 갇힌 초록처럼

관성에 묶인 하루하루처럼

부끄럽지만

9월이면 갑자기 여름이 끝날까 봐

아무도 모르게 새처럼 날아갈까 봐

2019년 10월
성향숙

| 차례 |

■ 시인의 말

제1부 바깥의 탄생

제2부 어쩌다, 진화

제3부 해 뜨기 전

제4부 나는 거기 없다

제1부

바깥의 탄생

고독의 발명

그러나 어둠이 빛을 삭제하듯이
빛이 어둠을 점령하듯이

머리 쪽에 서서 보면 여자, 발치에서 보면 남자인
차옥타지 파고다 와불은 시선을 허공에 걸었다
서로 복화술을 주고받듯이

내부에 가둔 침묵을 가동하는 맨발과
정적이 밧줄처럼 굵어지는 것
보리수나무 아래 촘촘히 각인된 기록들
고독은 눈부시다

나이 들어 목소리가 걸걸해지는 여자와
입술이 얇아지는 남자는 서로
저만치서 흘깃거리며
묵주 알 하나씩 침묵에 든다

와불이 응시하는 먼 곳,

머리에서 발끝까지 외로운 영겁

우두커니 고독으로 누운 지평선을 닮아간다

잠든 사이 다녀간 도둑처럼

안으로 집중하다 주변으로 흩어지는

쥐똥나무 울타리로 둘러쳐진 고요

소멸의 명부를 들춰 퇴색하는 푸른 강물과

붉은 단풍잎의 낙하

늙지도 죽지도 않는 부처 몸속에 흐르는

달에서 태양으로

무덤에서 무덤으로

장님거미

혼자 산책하는 느린 오후라고 하자

긴 다리로 겅중겅중 거실로 스며든 여자라고 하자

궤적도 남기지 않는 깔끔한 뒷모습이라고 하자

등허리를 한껏 구부리고 일요일 또는 사색이 고인다고 하자

깊은 사색은 선홍빛 빨강이라고 하자

낙엽 더미 속에서 이파리 하나 집어 들고 훌쩍거리는 구원을 생각한다고 하자

절룩거리는 시곗바늘의 쇳소리를 저장하는 오후라고 하자

읽고 있던 시집으로 탁 칠까 하다 그만둔다고 하자

도시의 오후 풍경은 선팅 유리 밖 땅거미 지는 어스름이라고 하자

밤이 오면 어둠은 머리가슴배를 통짜 덩어리로 만들어 두

렵다고 하자

집에 가기 위해 시계를 목에 걸고 옷깃을 여민다고 하자

사당역 뒷골목 사거리에서 제 키보다 더 큰 지팡이를 양
손에 들고 겅중겅중 걸어간 여자를 떠올린다고 하자

어둠의 맛

불 끄고 몰래 먹은 어둠은 오래 입안에 남았다
빛을 제거한 저지대의 자세로
뜻밖의 맛에 대해

그들이 원하는 건 눈알 빠진 멧새
원하는 건 아르마냑에 익사시킨 어둠
혀의 오르가슴

오르톨랑의 근육에 은밀히 저장된
쫄깃쫄깃한 빛의 통로
살아 있는 죽음 속에 축적된 걸쭉한 육즙에 쫀득함이라니

있던 것과 없던 것의 차이란 어둠의 전략

고요한 식탁에서
경건하게 부푼 새를 들어 올릴 때
우리는 서로 모르는 밤이 되기로 한다
모든 촉수를 열고 맛본

사과 브랜디의 당돌한 액즙, 뼛속까지 스민다
눈알 빠진 뇌수의 여운은 부활한다

익숙한 얼굴이 처음인 듯 입천장을 탐미하는 혀

날아올라 푸른 창공 가로지른 저항의 날개와
발자국의 기록은 소거된다

신도 모르게
옆 사람도 모르게

퍼스널 스페이스(personal space)

플라타너스는 플라타너스의 간격이 있고
그 사이 수레는 수레의 고독이 있다

지하철 문은 열리고 긴 의자 문 쪽으로
몇몇 사람들 드문드문 떨어져 앉고

모종의 밀약이 누설되는 아침이야
결코 가까워지지 않는 질량이야
무의식적 평행이야

긴 칼 옆구리에 차고 다니는 중세 기사처럼
죽일 듯 눈을 야리는 레테의 망각처럼
곁눈질하는 신월도의 달빛처럼

당신이 나를 사랑한다면
내가 당신을 노래한다면

당신이 손을 내밀면 겨우 닿을 수 있는 밀도야

감히 두 눈 똑바로 쳐다볼 수 없는 거리야

이 신선한 사각의 상자에서
맞은편 사내는 비눗방울 속에 든 아이처럼
투명한 상상에 갇혀,
여전히 어둔 상점 거리를 헤매다가

어둠이 부르면 어둠에게로
허공이 눈짓하면 허공에게로

깨진 유리창 이론

불 켜지지 않는 집 안으로
목련나무 그림자와
바람 일부는 허락 없이 발을 들여놓는다
태양은 불한당처럼 달려들고
덩굴들은 슬그머니 손아귀를 펼친다
지천인 휴일이 그 집 창문으로 방향을 튼다
창문은 아침처럼 부산하다

갈 곳 없는 한량이 창을 깬다
활발한 상현달을 몰고 뒹구는 밤은 아이스크림처럼 흘러
든다
단단한 악어 이빨의 태양은 나머지 창틀 물어뜯고
꺼내기 아까운 추상들을 들춰낸다

일주일 내내 뺑뺑이 도는 공휴일 놀이터

후 불면 햇살 속으로 퍼지는 먼지처럼
접시 위 각설탕 한 알처럼

찬 공기 속에 아늑하게 녹아들 추억의 파편들

내부와 외부를 규정 짓던 견고한 벽은 허물어진다
스텝이 엉켜도 바람의 춤사위는 계속되고
푸른 웃음기들이 모여든다

빈틈없는 경계의 빛을 잃고 꿈꾸는 계절

드디어 목련꽃도
풍경의 내부에 들어와 활짝 허공을 깨뜨린다
깨진 태양의 파편들은 저녁처럼 퍼지고
집 안에 스며든 먼지 속으로 잠 깬 소리들은 눈을 비빈다

스테레오 타이피(stereo typy)

어제는 스물두 번의 휴대폰이 울렸다
휴대폰을 들었다가 놓았다가 다시 들었다가

전화벨이 울리는 동안
재스민 향기는 화요일 창문으로 날아가고
전화벨이 울리는 동안
목요일의 버스는 수원성곽 쪽으로 질주한다

나는 가장 맛있는 순간을 복제한다

식탁에서 너의 수다에 대해 조롱하기
강아지에 걸려 넘어지고 질책하기
울리지도 않는 전화기 들었다 놓기

반복하는 내 웃음은 비스킷 한 조각의 모형이다

월요일엔 라즈베리 붉은 맛을 혀 위에 올려놓고

수요일은 맛있었나?

옆으로 돌려놓은 책상 의자와 펼쳐진 '이런 사랑'
터질 듯 붉은 사과 한 알
미치겠어 너를 사랑해
경적도 없이 택시들, 버스들 같은 소리

편견은 이퀄라이저 음악이고
얼굴 찡그린 사람보다 사랑스런 무질서다

나는 붕어들처럼 제자리에 맴돈다

손톱도 안 자르고 충실한 강아지 눈 찌르기
실눈 뜨고 수련 연못에 돌 던지기
땅콩 껍질에 입김 불어 흩트리기

빨강의 자서

정열을 단지 빨강이라 말할 수 없다고
하퍼 카페에 앉아 수정하네

지중해 정수리에 집중하는 태양은 빨강을 생산한다
얼굴 비비던 연인들 올리브나무 사이로
양의 부드러움 만지듯 육체를 더듬고
대부분 여섯 번째 시간 안으로 낮잠에 드는
모로코인들은 태양에게 침묵을 배운다

빵처럼 부푸는 오후 2시의 탕헤르

소리 없이 달궈진다, 영혼들
정염에 그을린 눈빛은 동굴처럼 깊다
지그시 어금니 깨무는 이슬람 사원의 아잔

물빛에 취한 몰타 섬의 화가가 붓질을 한다
푸른 염료를 찍어도 붉게 채색되는 춤추는 정열의 나부
춤의 언어는 꼭두서니 빛,

사막의 바람에 탈색되는 붉은 엉덩이의 격렬함으로

물빛 가장자리 차곡차곡 쌓인 돌계단
무심한 고양이도 물빛 바깥쪽에 자리 잡는다
타오르는 그늘을 걸친 사람들

짙푸른 지중해 물빛을 스크래치 하면
정열이라는 빨강이 숨어 있을 거라 고쳐 쓰네

뚱딴지

해바라기라고 우기는 목소리가 삽질한
땅속, 노란 꽃의 비밀들
입술 떠난 수식들
지하를 끌고 나온 침묵은 울퉁불퉁하다

내가 바위 위의 고래로 사랑을 말하자
너는 바닥의 물고기로 꽃을 만지작거린다
고백하지 마라, 너무 어색해
전염병처럼 모방하는 웃음의 법칙들

현실에 현실을 겹쳐놓아도
꽃 위에 다른 꽃을 올려놓아도
바람결에 쓰인 꽃의 계획이란 칼과 같아
긍정도 부정도 하지 않는 변증법적 사고는
철로 변 풍경을 증오처럼 번식시킨 해바라기의 웃음

아버지 무덤 위에 달팽이를 올려놓고
언제 꽃을 지나가나

달팽이 걸음으로 꽃까지 거리는 너무 멀고
아버지의 시간과 내 시간의 인과관계 없는 유대감은
꽃과 뿌리만큼 어색하다

꽃들의 세상을 들여다본다
해바라기를 감자라고 말하는 너의 목소리는
향기처럼 번지는 꽃의 은유들

내가 소파 위의 고래로 노래를 부르자
너는 둥둥 뜬 부레의 물고기로 콧등을 만진다

코드(code)

동트기 전 외출은 잠 깨 눈 비비는 사람들이 창 열고 날씨 대신 날 의심한다 때로 밖의 동태 살피지 않고 외출하다 복병처럼 소나기가 말 걸어온다 어느 별에 사세요? 우산을 안 챙기셨군요? 적당한 구실을 못 대고 얼버무리면 금방 요주의 생쥐가 된다

녹슨 새시 문 열고 이불을 햇볕에 걸칠 때도 맞은편 동 베란다를 살펴야 한다 우뚝 서서 담배 연기를 뿜으며 이쪽을 응시하는 화성의 남자가 있다

또 거주지를 옮겼다

여긴 공기가 달라 울창한 숲에서 나무와 함께 아파트가 탄생하고 모든 정보는 노른자처럼 중앙 집중식이야 산은 넓은 도로가 되고 논밭은 반디앤루니스, CNN시네마, 게젤샤프트뱅크, 쁘랭땅데파트, 미스터피자, 파리바게트, 밀리언마트……가 된다 이곳에선 쥐도 새도 모르게 사라졌다는 사람도 있다 행렬 따라 빈 가지 위 참새들이 이파리처럼 후두둑 떨어진다 눈 깜짝할 사이 쿠쿨칸 지하철이 긴 혓바닥으

로 도시 중간의 사람들을 먹어치우고 구멍 입구에서 사람들은 개미처럼 모여들었다 사라진다 촘촘한 옥수수 알 행렬 속, 행인 1이나 행인 2처럼 신발에 별빛 묻혀 변두리를 배회한다 다디단 공기에 취해 비틀거리거나 땅에 떨어진 창백한 꽃을 어루만지는 이 시대 식어빠진 낭만주의자가 된다

세 번째 테이블에 앉은 남자와 같은 메뉴를 주문한다 생의 메뉴얼을 오래 들여다보거나 어쩔 수 없는 시간의 포식자가 된다 살아 있는 동안 이 행성의 모든 정보는 몸에 철저히 저당 잡힌다

코드명은 눈동자 302, 다음 이사할 내 행성에게 보고할 것들이 많다

평범 사전

내면을 알고 깎아놓은 사과
갈색으로 변했다면
주위에 아무도 없다는 거

심장을 두드려도
돌무늬 속삭이듯 너의 음성이 스며도
맨살에 닿는 맥주 캔처럼 서늘한 감각에 대해

매일 같은 방식의 기상 알림과
너를 생각한 오늘과
오늘이 느끼는 내일의 슬픔과

아무도 없을 땐 숨죽이다가
엘리베이터 멈출 때마다 짖어대는 포메라니안

용기를 배우지 못했어
아니, 너무 늦게 태어난 거야

붉은 꽃 내밀 때 명자나무는 베란다를 느낄까?

베란다 벽에 기댄 의자는 십 년 전의 공기를 기억할까?
한밤중 창고의 냉기
아침마다 헤어드라이어의 태연한 비명

나는 나에게 라넌큘러스 한 송이
하트 귀고리 한 쌍
커피 한 잔

버드 키스처럼
이별처럼

분홍에 대한 은유

해독되기 전의 문장을 몽상이라 적는다

핑크뮬리 군락은
상징과 기호로만 이루어진 낯선 문장 같았다
멀리 보면 분홍, 가까이 가면 그냥 억새인 넓은 황홀
전신에 퍼지길 기다리는 LSD처럼
잇새의 분홍도 문장 안에 달콤하게 녹는다

일상이 농축되면 황홀은 흰 가루처럼 휘날릴까?
맑은 날, 티 없이 맑은 날
그림을 그리던 손으로 분홍의 단초들을 흩뿌렸다
표류하는 섬처럼 엑스터시처럼 뭉쳐 다닌다

계절의 방식으로 억새는 바람에 몸을 맡긴다
담벼락을 색칠한 게이들의 분홍색 노출은
저절로 열리는 화장대 서랍,
향기로운 알약을 집어 들면 다문 입술들이 와르르 쏟아
진다

투명한 하늘에 저당 잡힌 솜사탕의 향기
환호성으로 확대되는 공활함은 소름이 돋는다

길 끝엔 분홍이 쏟아져 나올 것 같은 서랍
문장을 따라 문장이 끝나는 숲까지 걷다 보면

한껏 날아올랐다가 내려오곤 하는 새를 이해한다

2018, 입추

슬픔은 아무 맛이 없더라
복숭아가 복숭아 맛인 것처럼
이별은 그냥 풀벌레 소리야

신선한 문장으로 묘사되길 기대했으나
고요한 뺨은 뜨겁게 흘러내린다

지난여름이 만들어낸 두 줄무늬가 양어깨에 선명하다
강렬한 태양과의 유희는 해변의 압화 혹은 음화
너는 사뭇 색다른 표정으로 희미해졌으나
푹 팬 뒷모습
멀리 날아가지 못하는 가엾은 새

이따금 내가 누군지 모르겠다는 하품이 나오고
수요일의 이름으로 외출하는 화요일처럼
싱싱한 장미의 물방울을 건너
대문 앞에서 무섭게 빨개지는 능소화의 회귀

백미러에 갇힌 태양이 멀어지도록 엑셀러레이터를 밟지만

손톱깎이에도 잘려나가지 않는
열기의 밤 뜨거운 체위 화끈한 웃음 같은
여름의 진한 방언들이
너를 도망가 네가 아니었으면 하는 속도

잦은 하품의 원인을 끈적한 묘사에서 찾는다
너는 여전히 내 곁을 맴돈다고

꽃양귀비

낯선 여자가 찾아왔어
플로럴 원피스는
실핏줄처럼 맑게 나부꼈어

마당 끝 빨간 원피스는 너무 예뻐
얄미운 계집!
마구 욕을 하고 싶어져
짐짓 허공을 만지작거리며
포개져 눕는 나비의 날개를 상상하지

문득, 너의 여자 다른 씨앗
비밀 장소에서 방금 전 키스하던
밤을 여행한 달의 미소와 다른 쪽 태양의 살 떨림

처음으로 돌리겠다며
여린 입술 움직여 겨우 내뱉는 이름이란
울컥 삼키는 노란 울음
그리움을 다독이듯

부재하는 너를 마냥 기다릴 자세로

빨간 보리수와 뒤란의 농익은 산딸기는
각기 다른 얘기를 들려주고

빛나는 여름 햇살 아래
앞마당 가득 붉은 색기(色氣) 지천이야

36.5

올봄 명자나무는 꽃 피지 않았다
꽃 진 자리는 마지막 왈츠처럼 아프다
눈을 맞추고 가만히 들여다보면
몽롱한 꿈의 흔적처럼 굳은살 툭 떨어진다

눈 한 번 깜빡이지 않고 서로의 눈동자를
일 분 삼 분 오 분…… 창문을 열자 바람이 획
첫 시선에 훌쩍거리는 무성한 이파리들
입을 벌리고 자다 깜짝 눈을 뜨면 봄이다
바람 담은 입이 다물어지지 않는다

적도의 태양을 끌어다 용광로에 지펴도
빅뱅처럼 폭발하지 않는 사랑이 버젓이 존재한다는
명자나무의 명제가 있다

꽃이 지면 오겠다는 약속은 아직도 미지근한데
피지 않은 꽃은 어디서 지나
뒷덜미를 스치는 바람을 만진다

제2부

어쩌다, 진화

명료한 어둠과 낮의 솔직함 사이

상쾌한 발걸음과 팽창하는 생의 기쁨에서
힘없이 빠지는 숨소리들
오전 열한 시에 만나자는 메모는 생쥐의 똥구멍이고
이별은 필연이다
상처를 치유해주겠다는 고양이는 가출하고
품에 안긴 꽃다발은 비극적 결말이다

노점에서 한 다발 장미와 편의점에서 구입한 두통약
삼십육 개월의 유효기간과 오만 번의 문자
나보다 더 나를 사랑한 달콤한 제스처들
너를 만나면서 키워온 선인장과 가시만큼 찔린 상처들
이기적 편견이거나 고전적 유혹이거나
어디에도 없는 사소한 습관들

명료한 어둠과 낮의 솔직함 사이,

식어가는 태양이 몸으로 전해질 때
너와 나 사이의 길로 드나드는 공기가 까다로울 때

흔들리는 눈빛과

손에 든 카메라는 보이는 것들의 무덤이다

벽장과 서랍을 정리한다

모래 속의 구근처럼 솟구친 뿔은 하얗게 바랜다

사막에 가면

잡힐 듯 지평선으로 사라지는 신기루가 있다

누군가 나를 지나갔다

염소가 아니어서 다행이야

안녕하십니까?

잠깐만,
들판을 지나 구름을 따라가다 접질려 발목이 삐었다
빛나는 햇살이 이마에 부딪쳤기 때문이야
대지에게 무한 신뢰를 보냈기 때문이야

소복하게 부푼 멍과 푸른 발등과
시린 발목을 가만히 직시하는데 우두커니
말뚝에 묶인 줄 끝에 붙어
염소 한 마리 깔깔깔 노래 한 소절 부른다
말뚝을 몇 바퀴 빙빙 돌면서

충분해
달달한 감동은 아니지만
뒤집힌 바퀴처럼 가끔 헛발질의 리듬을 음미하는 것
우울을 전달하는 절름발이 걸음으로도

자유로울 수 있지

아침의 눈인사와 지난밤의 잠자리, 손에 쥔 휴대폰
길바닥에 숨은 크고 작은 안녕들
원초적 감정과 본능들

일이 꼬이면 뒤돌아 몇 발짝 절뚝이며 걸어보는
어쩐지 슬픈 뒷모습

들판의 염소가 감긴 줄을 풀다가 말뚝에 머리 찧고
질식한 흰 침을 흘리고 서 있어
고요하고 절망적인 평화, 역겨워

염소가 아니어서 정말 다행이야

외면의 실루엣

마주칠 때마다 고개를 돌리는 것은
곁눈질로 나를 훔쳐보겠다는 것
입은 일직선을 유지하겠다는 것
행커치프 뽑아 속주머니에 쑤셔 넣겠다는 것
코 푼 휴지를 쓰레기통에 롱슛 하겠다는 것

반쯤 돌린 옆얼굴엔
담배 연기 같은 미로와 넘기 힘든 벽의 질감이 있다

불러도 반만 돌아보는 네 얼굴 이해하긴 어려워
반만 미안해, 반만 사랑해
몸의 언어를 선호하는 네겐 언제나 말로는 불충분하지
네가 남자에 대해 말할 때
내가 여자에 대해 변명할 때 타인의 말을 빌려오고
그러다 세 명, 네 명이 되는 소란스런 침대

네가 바라보는 쪽은 얼음나라
좋은 아침이야. 산뜻한 키스도 소용없어

한숨도 비명도 안 지르고 냉동이 되는 거울과 식탁에 앉
기도 전 찬밥이 되는 슬픈 아침 인사와 엉뚱한 시간에 멈춰
선 벽시계와 너의 시선에 얼어붙는 가엾은 사물들
　너는 다른 곳에 있다

　꽃은 꽃의 고집으로 유머 감각을 잃지 않고
　나무는 나무의 거만함으로 태양을 유혹하지

　사소한 것만 생각하는 사소한 눈빛의 은밀함으로,

단언할 수 없는 산책

봄이 시작된 지 삼백 일째, 낮이 조금 길어졌다
전화기 너머의 말
산책해봐, 번뜩이는 영감은 산책이 좋아
단언할 만한 오늘의 행위로 삼아

집과 나무를 직선으로 그으면 하나의 길이 생기고
이웃집 여자의 무의미한 질문을 받는다
어디 가세요?
성급한 경험론자는 삭정이를 가리키며
저것 봐 물오르잖아!
남쪽 나라의 공식을 빌려와 따뜻한 양분을 취하고
명제가 명제를 끌고 어느 혹성에 가 닿는다

태양이 결정하는 밤의 시간과 흑점의 모든 소문까지

눈 부신 햇살이 첫 중력을 갖는
순수한 봄의 개념을,

이웃을 사랑하는 일과 계절의 감각적 판단은 어려워

단언할 유일한 찬사는
바람이 풍향계 바깥으로 사라지는 걸 지켜보는 일

아무도 말 걸지 않았고 생각은 결연했다
마른나무 벤치에 앉아 오래도록 석양을 바라본 일
멈춘 시계 바늘을 몇 바퀴 돌린 일

찌푸림

정오의 태양을 향한 편견,
구겨진 종이,
금 간 유리창,
달라진 체온,
빛나는 얼굴에서 타인의 절망에 익숙한 원형

문을 열면
시린 눈에서 증발하는 푸른 하늘과
스며들지 못하는 풍경의 신생들
눈을 뜰 수가 없다

낮잠은 잤나요?
이번 달 생리통은 있었나요?
수면제를 복용하나요?

그러니까
아름다운 노을은 고도의 먼지를 통과하는 과정일 뿐
애초 붉은색은 없다는 것

애경백화점 앞에서 태양의 뺨을 후려치는 여자와

수원역 쪽으로 꽃을 토하고 사라진 남자와

너의 또 다른 욕망을 들킨 것

햇살이 네 얼굴에 뿌리는 소나기 같은 것

죽은 슬픔이 삐져나오는 것

문을 닫으면 비명을 내지르는 어둠이 있다

감은 눈에 붉은색이 기울어지는 석양

입술에 노란 해바라기 압정

다시 문을 열면 질겅거리는 염소가 있다

눈 못 뜨는 고양이가 있다

안녕, 뭐 해?

언덕은 묵묵부답이다

며칠 사이 너는 흔적 없이 지워지고
이방의 낯선 곳만을 탐닉했던 시간들
날마다 자라는 미안과
여름을 갈아엎고 엉뚱한 대답을 준비한 너는
새로운 질문에 몰입한 듯
한 번도 꿈속에 나타나지 않았다
언덕은 언덕으로만 존재한다

낮은 지붕의 숨죽임과 좁은 길의 뒤뚱거리는 발걸음이
있다
한층 낮아진 북적거림과 모르는 얼굴들의 검은 질서들
유월에 태어난 강아지는 슬피 울고
십이월의 시나몬코뉴어는 노래를 부른다

여름에 떠난 너의 흔적은 낯선 잔상으로
해결하지 못한 수요일의 숙제처럼

피상적인 질문에만 입술이 움직인다

모든 기억은 과거로만 흐르고

잔상에도 감정은 남아

나무의 영혼처럼 뒤틀린 본능을 자극한다

어디에도 존재하지 않는 별

다른 사람이 되기로 작정한 듯 허공에 돌을 던진다

생시처럼 꿈에 나타난 너의 어깨를 툭 치며

안녕, 뭐 해?

싸늘하게 멀어지는 태양

그날 밤 나지막이 언덕을 베고 눕는다

안녕, 뭐 해?

내일의 슬픔

오늘을 까마득한 어느 날이라고 최면을 걸어볼까?
꿈꾸면 보이는 것은 내일일까?

나는 점점 최면에 빠져든다

눈 감고 잠들지 않았는데
꿈꾸는 것도 아닌데
작은 고염나무 옆 흙벽돌집 툇마루에서
눈부신 기저귀가 살랑이는 마당가
사라진 엄마를 찾아 두리번거리는데

가성소다를 사탕처럼 빨아 먹은 아기 껴안고 달려간 옆집
에서
오리 목을 따 붉은 피 뚝뚝
벌어지지 않은 아기 입에 흘려 가까스로 살려놓은 언니
내일 어느 날 연탄가스 마시고 죽었을 때
내일은 그냥 슬픔
이리저리 허둥댄 엄마는 알았을까?

생각할수록 내일은 심장이 저릴 뿐

비밀을 다 털어내지 못했는데 슬픔은 사라졌어
눈물샘도 말라버렸어
슬픈 내일은 없다지만, 환희라지만
가족사진 끝에만 매달린 언니는 어스름 녘 정류장이거나
혼자 텅 빈 지하철의 새벽이거나
옆에서 가만히 미소를 흘린다

전신거울을 붙잡고 똑바로 들여다보다가
너 정말 짜증나
주먹을 휘둘러 이마를 내리쳤어
난 산산조각 흩어졌지

오늘을 깨진 거울 조각으로 맞춰놓은 것은 아닌데
그림자처럼 어제를 떠나지 못하고

아침의 소용돌이

상쾌한 아침을 예찬할 수 있을까?
어쩌면 이번 생의 일이 아닐지도 모를

없는 오늘을 예감한 건
불안을 확대시키는 제라늄 꽃잎의 떨림

반대쪽으로 토끼처럼 빙빙 돌다가
수요일의 눈 부신 빛에 부닥쳐 산란한다면
나를 구심점으로 생성되는 나선형 계단의 무한 가능성

떨어진 돌멩이 하나
입에서 항문까지
성교하다 엉겨 죽은 썩은 골뱅이 소굴이라 해도
긴 머리칼의 헤드뱅잉
우주까지 확대되는 소용돌이

왼쪽 귀에 블랙홀처럼
벽과 천장이 뒤엉키고 무릎은 짓무른다

천장의 짓누름에
해바라기처럼 촘촘히 작아지다 커지는 출입구

평범했던 사물들의 일상
길의 구조와 안간힘의 붕괴

의자와 바닥이 나를 부축한다
눈뜨지 못하는 상승, 아직 아침은 이르다

그때 거기 있었습니까?

그때, 그를 기다리는
스타벅스 주위로 어둠이 몰려왔을 때
거리는 풍선처럼 부풀었어요
달과 별을 기다리는 하늘은 점점 높이 쭈그러들었지요
처음 보는 사람들이고 아는 이름 하나 없는데
숫자로 호명되는 그곳에서 11번으로 불려 나가던 에스프
레소
검은 입김 내뿜는 하늘에서
날개 달린 신발 신고 비행 모자 쓰고 지상에 내려와
날개를 떼어내고 우르르 몰려왔다 몰려가는,
빛의 이름들이 하나의 상징으로 응고되어가던 그곳
손엔 잠이 오게 하는 지팡이 들고 천상의 탑에서 뛰어내
려와
빛을 입고 태어나 거처하는 신들의 정원
4번 카페라떼가 그리스인이 바치는 헌주를 마시고 엎드
려 잠들고
머리 모양의 가방을 멘 카푸치노가 여행자처럼 카노푸스
별로 돌아가는

그때 거기,

내가 23번 호명 받고 앞으로 불려나가 두리번거릴 때

빛의 공간을 확보하는 신들 사이에

이상한 소문으로 술렁거렸지요

여기가 어딘가?

빛의 신전에 이름 모를 신들이 끊임없이 호명되는

그때 거기,

깜빡이는 백 개 눈 속에 그는 아직 오지 않았는데

헤라가 눈들을 빼내 제 공작 꼬리에 매다는지

불쌍한 아르고스, 오백 개 눈빛이 일시에 꺼져버렸어요

몰려다니던 사람들이 곤충처럼 날개 달고 하나둘 사라지고

화려한 눈들은 점점 쪼그라들었으나

늦게까지 큰 눈 부릅뜬 키클롭스의 눈알 속에 꼼짝없이 갇혀

확장하는 어둠의 영역을 지루하게 바라보던

그때, 거기 있었습니까?

저녁이 온다

버스를 놓쳤다, 또 오겠지만
태양을 놓친 저녁으로 내 옆자리엔 어둠이 걸어와 앉는다
어제 지하철 안에서도 그를 본 것 같다
버스정류장에서 만나는 시간은 가끔 어긋나기도 한다
내 어깨에 기댄 만져지지 않는 그를 언제부터 의식했던
걸까?

공원 벤치에 앉아 형이상학자처럼 먼 별빛의 행로를 묻는
저녁이다
카페에서 흰 냅킨으로 토끼를 접을 때, 정류장에서 죽은
언니를 생각할 때도 만날 수 있겠지
우연을 가장해 모퉁이를 돌다가도 만날 수 있을 거야
서쪽으로 사라진 푸른 낙엽의 행방을 얘기할 땐 사뭇 진
지해진다
술 마시고 귀가할 때 현관문 들어설 때까지 바래다주는
친절한

이따금 고양이 울음 복도에 울려 퍼진다

혼자일 때 비로소 문밖의 고독이 달빛처럼 환해진다

옆집 노인은 TV 앞에서 시추와 졸음을 달래고 있을 것
이다

깨지 않는 졸음을 두드릴까 하다 그만둔다

안전 고리까지 걸리는 완벽한 어둠이다

TV를 켰는데 여자 아나운서의 패션이 눈에 밟힌다

치마 대신 레깅스를, 다시 치마를 입혀놓는다

파마머리를 펴고 웃음을 조금 줄이면 섹시할까?

그녀도 남자친구의 헐렁한 사각팬티와 체크무늬 와이셔
츠를 걸치고 섬세한 종아리로 어둠을 툭툭 건드리는 저녁을
맞겠지

어둠은 시계, 속이 붉은 수박이 되기 전의 물컹한 덩어리

권태

누가 나의 행차를 막고 계신가?

관념의 거실 바닥에 벌렁 자빠져 수백 날 멀뚱거리다 실컷 부푼 꿈을 일으켜 까마득한 창 아래로 내동댕이친다

난 그런 인간이다

어디서 들어왔을까? 실거미 한 마리 겅중겅중 감히 누워 있는 내 옆을 가로질러 간다 누운 채 읽고 있던 시집으로 납작하게 탁!

베란다의 개미들이 창틀 따라 목하 행렬 중이시다 목덜미가 뻣뻣할 만큼 포스트잇 두 장 겹쳐 창틀을 가로막았다가 말았다가…… 개미들이 갈팡질팡 히히

백년 천년 묵은 짠지 같은 풀벌레 소리 아이들 웃음소리를 창문으로 간단히 거세시키고 귀에 쩐 음악을 최대한 팽창시킨다 백색 소음 집어삼킨 팽창된 음악을 골방으로 다시 컷컷,

아래층인지 위층인지 아니면 우리 집구석인지 사방에서 수군대는 소리 들린다 벽에 귀 대고 봄여름가을 다 가도록 엿듣는다 그리곤 흰 눈송이 펄펄

태양을 녹인 하얀 눈발들이 새까맣게 몰려온다 태양을 다 녹이고도 모자라 나무를 녹이고 지붕을 녹이고 도로를 녹인 다 하얀 감옥 쇠창살에 기대 평생의 저녁을 맞는

난 그런 인간이다

결국 그런 인간이다

낮잠

깜짝 놀라 눈을 뜬다
이 방 저 방, 하루의 시작을 깨울
식구들이 아무도 없다
갑자기 안팎이 환한 이곳,

삼십 분 낮잠으로 하루를 훌쩍 넘긴
아니, 몇 번 생을 건너뛰어
다른 꽃을 피운 건 아닐까?
얼굴 덮고 잠들었던 그림책의 행성일까?

광속의 웜홀을 몇 번 통과하고
너무 밝은 공간에 뚝 떨어진
화성인지 금성인지 모를 생경한 순간
어깨 힘이 쭉 빠지고 다리가 후들거린다

문득 굳게 닫힌 현관문 열고 낯선 남자가
여보! 하며 들어설 것 같고
원숭이 같은 아이들,

아니면 로봇 같은 아이들이

은빛 깡통 소리를 내며

우르르 몰려 들어올 것도 같은,

잠시 낯선 시간에 등짝 떠밀려

망연히 바라보는 현관문 틈으로도

꽃피웠던 하루가 한 해가 한 생이

광속으로 빠져나간다

12월

오늘은 목소리를 잃어서 다행이야
네가 나에게 다가오는 것은
내가 너의 귀를 만지작거리는 것은
소리 내어 부르지 않아도 충분하다는 것
오래도록 바라보며 웃다가 울다가

목구멍 안에 신생의 이파리들이 꿈틀대고 있다는 걸
이따금 절규하듯
아아 우우
기형의 나뭇가지들처럼
안쪽으로만 휘어지는 내 안의 푸른 언어들

거기 누구 없어요?

건조된 신음의 표정으로만 감각을 여는 마른 낙엽들
푸른색을 찾아 빈 공간을 더듬는 가지들
흰 기러기 몇 마리 닿을 듯 사라지고

낙엽 더미 속으로 아기처럼 파고드는 애벌레들

비명의 짐승 한 마리 은밀히 키운다는 것

젊어 죽은 엄마의 상여 뒤에서 끝내 터지지 않았던
한꺼번에 터져 나올 신산한 절규
울음 가득 짐승 한 마리 환한 숲에 고립된다
해동이 안 되는 어둠 사이
도무지 흰 눈은 하염없이 내리고

사라 127세, 나는 500세

깃발 흔드는 수원성벽의 바람,
느린 구름의 풍경이
아주대병원 앞 벤치의 나를 무심히 스친다
의사는 내 신체 나이가 100세 넘는다고
가보지 않는 세월들이
언제 나를 다녀갔단 말인가?

한껏 휘몰아치다 잦아든 사랑의 배경이
먼 먼 그림자로 스민다

엄마 젖꼭지를 동생에게 빼앗기고 옹알이할 땐
이미 의젓한 누나였고
자궁에서 꺼낸 죽은 아기 붙잡고
쏟아낸 눈물이 가슴에 고였다
달빛 밀밭에서 고흐를 꿈꾸던 사무침은
뜨거운 밥을 입에 물고서야 웅크린다

하루 두세 번 솟아오른 해의 시린 눈과

시큰거리는 발목은

십 리 길 위의 아이와 자주 마주치고

신음 흘리는 꿈의 이불에 그린 세계지도엔

내 그림자가 나보다 길게 늘어진다

주야장천 몸을 뒤지던 손은

머리칼을 잡아당겨 발밑에 구겨 넣는다

백 년 후의 눅눅한 풍경으로 사라진다

어제가 있었던 내일의 반복과

혼절할 만큼 까마득한 세월 단추 채우듯

나날이 커지는 나이를 유전자 페이지에 눌러 쓴다

그냥 그런 날

밀란 쿤데라는 현관문을 열지 않는다
문이 열리자마자 일그러지는 거실의 질서와
언제 몰려들지 모를 웃음소리와

악마의 작란이라도 일어날까?
살짝 눈만 내밀고

주먹 움켜쥔 소낙비가 쏟아지기를
아니면 천장 뚫고 활짝 돌멩이가 피어나기를
충혈된 눈알이라도
오래전 죽은 엄마라도
아니면

연필꽂이에서 죽은 글자를 꺼냈다가 끼웠다가
레몬빛 사랑의 화이트데이를 맛보다가
비집고 들어온 햇살에 미끄러지다가

거울 보고 웃는다

바람결에 흔들리는 거울이 낄낄거린다
칸 칸 달걀들이 웃음에 닿아 깨지고
틀에서 나온 각얼음들은 어금니 사이에서 부서진다
웃음은 사방의 벽에 부딪히다
책장의 찌그러진 글자들 사이에서 소멸된다

봐선 안 될 창문을 훔쳐보는 느낌이다
쿤데라의 웃음은 냉소적이고
이빨 사이에 낀 고춧가루는 색이 바랬다
현관의 신발은 유쾌하고
탑에 갇힌 공주처럼 웃음은 거울 속에 고립된다

어디에나 있고 어디에나 없는 느슨한
사물 속을 유영하는
웃음은 악마의 영역이라고

키스

돌발적인 질문에 붙어 포개지는 입술
집중하는 나사처럼 입안 뜨겁다

허공에서 바닥으로 너는 혁명을 나는 창조를
어둠 오고 달 뜬다

황금 수레 구르는 밤과 낮의 마돈나여
태양의 빛나는 돌이여
침묵에 갇힌 감각의 정전이여

젖은 달의 무게와 금빛 모래투성이
눈먼 새 촛농처럼 흘러내리고
영원한 밤은 없다는 내밀한 암시

여자 몸을 빌린 달빛과
너 닮은 태양의 껍질은 노랗다
눈 감은 달 구름 속으로 미끄러진다

사라진 질문과 빈 무덤처럼 붉은 입술 뭉개진다

제3부

해 뜨기 전

궁금, 궁금

도로 끝 파란 성채 안에선
정원에서 맞는 일요일 오전과
그들끼리 우스꽝스런 사랑과 밀실에서 나누는 이야기
어둠과 환상이 이끄는
무너지지 않을 담장 안의 움직임에 대해

늘어선 벽돌담이거나 좁은 울타리 안이거나
골목은 우리들 상상의 공간이야
오늘 밤 가로등 밑도 우리 영역이야

너의 상상은 적극적이다
궁금이 굴러가는 곳으로 대나무 숲을 흔드는 바람과
집 나간 고양이를 짝지우고
무궁한 자동기술법의 체위가 난무한다
거침없이 선정적인 환멸들
변덕스런 애무의 혓바닥 같아
차마 목구멍에 걸려 발설하지 못하는 어휘들

최고 명령권자인 여왕의 일곱 시간 잠적과

들끓는 아우성의 시간

모두 궁금했던 일곱 시간은 어디로 잦아들었을까?

흘러간 골든타임은 침묵처럼 가라앉아

여왕과 함께 침몰하고

창문의 감정

네가 사라졌을 때 표정이 바뀌는 사각의 창문

저 꽃들,
저 구름들,
저 단풍들, 저 붉은 태양
평온을 가장한 거짓에 불과할 뿐

창문의 감정은 낙하한다

위치를 바꾸지 않고도 창문이 제시하는 단서는 원근이다

터무니없는 햇빛의 창문
유리가 쓰는 창문의 성향은 관음이어서
똑같은 이야기의 이별을 재생한다

끝내 두 줄 철로만 보여주는 창문엔
돌아선 너의 뒤통수가 있고
유서도 남기지 않고 자살한 수요일의 저녁이 있다

비명을 지르는 고양이와

몰래 창을 빠져나간 나무

아득한 심연처럼 번지는 바람의 흔적과

무의미하게 산란하는 달빛이 있다

코 푼 손수건처럼 창문을 차곡차곡 접어

호주머니에 넣은

너의 발등은 추억처럼 희미해진다

토닥토닥

손바닥 펴 네 작은 등을 가만가만 두드리면
고래 등짝에도 싱싱한 잎이 돋을 거라고

명왕성으로부터 하늘을 가로지른 별똥별
이마를 치고 나를 관통한다
너를 잊지 않으려고
너를 견디려고
천 년을 만 년을 가녀린 네 등을 두드렸지

오늘은 멀고 먼 별들 사이를 유영하는 꿈을 꾸었어
안녕 옛날의 집아
은빛 잎사귀 펄럭이는 고염나무야
같은 노래 반복하는 오르골 상자는 시종일관 명랑한데
가로수와 함께 씩씩하게 걷게 해줘

불 밝힌 가로수 열 그루 스무 그루 서른 그루······
그림자 어른대는 아파트 창문 백열하나 백열둘 백열
셋······

가로수 사이를 할 일 없이 오가는 사람들 얼굴에 켜지는
불빛들
손가락 두 개를 펴고 브라보! 하면
오렌지는 둥글어

괜찮아, 괜찮아
이제 다 괜찮을 거야

낮고 낮은 목마름 후에 너를 이끌고 나온 울음
그래 말했지?
못다 한 울음을 내보내는 오르골 상자
꽃잎이 꽃잎을 떠받치고 지구는 자전한다고
지루한 반복은 너를 너라고 부를 주술이 되고

마포대교

발끝만 보고 걷다 보니 마포대교였다는 말
너의 어둠의 깊이를 가늠한다
수면제와 비닐봉투,

잘 지내지?
말 안 해도 알아

너를 이끌어 담벼락 앞에 세우고
벽면에서 춤추는 발랄한 그림자들의
솔개, 말, 독수리, 토끼, 나비, 강아지, 고양이

나비의 어둠은 따뜻할까
독수리의 날개는 겸손할까
상냥할까

내일은 해가 뜬다
뜨는 해는 얼마만큼의 그림자를 거느리고 오나

밤의 발바닥에 가라앉은

우두커니 마포대교

우두커니 난간

물끄러미 강물

밝은 어둠은 도처에 있다

수면 위로 별 하나 찡끗 코끝을 접는다

나는야 술래

찾았다 구름
찾았다 나비
찾았다 노란 잠수함

열한 명의 아이들을 물속에 두고 나온 후
매일 밤 스물두 개의 두리번거리는 눈빛들과 술래잡기를
한다

벽과 냉장고 사이의 구름을 어르고 달래
엄마한테 가자 아빠한테 가자
문틈에 낀 나비를 어루만져
친구한테 가야지 꽃에게 가자

엄마 나는 아직 어린가요? 그런가요?
밤마다 엄마야 부르며 울었다

엄청나게 큰 구름과
엄청나게 큰 나비와

엄청나게 큰 웃음과 입 벌린 울음과
눈을 감으면 너무 밝고 거대하게 가깝게
엄청나게 큰 새가

날 찾아봐
날 찾아와
날 찾아줘

못 찾겠다 꾀꼬리, 나는야 술래

사내는 사라진 새의 날갯짓을 쫓아
어둠 속으로 홀연히 사라졌다

나의 죽음을 알립니다

스밀 몸 없이
지상의 모든 노을처럼 붉은 편재입니다

산산이 부서지는 몸으로도 놀라지 않는 경이를 목격합니다

슬프다고 비로소 말할 자신이 생겼습니다

공원의 오후 텅 빈 벤치엔
다른 사람이 앉아 멍하니 울음을 숨겨도 어색하지 않습니다

안전한 은신처야, 속삭이니 흐르던 눈물도 멈췄습니다

훗날 당신이 곡명도 모르는 노래를 흥얼거릴 땐
내가 잘 있다는 증거입니다

하여 눈꽃이 난분분 흩날리고
보는 듯 안 보는 듯 바람은 무심히 다녀가는 발자국입니다

느닷없이 새가 날아와 머리 위에서 노래한다면

보고 싶다는 전언입니다

어쩌면 한 줌의 형식도 허락하지 않을 것입니다

공간이 나를 버릴 차례입니다

피 묻은 달

진돗개 무리 속에
이따금 검은 개들이 출현하는 마을
붉은 달이 떠오른 방식으로
삼백 명 승선한 배의 선미가 항구 쪽을 향해 기울고
샤먼 퀸이 풀어놓은 저승의 개들
칼춤 추듯 이빨을 드러내고 몰려다닌다

굳게 다문 사각의 창문마다 울음이 삐져나온다
주검 앞의 사내는 등 돌려 창문 막고
주먹을 입속에 넣고 흐느낀다
소금물 든 운동화가 식탁 위에 차려지고
쥐꼬리만큼의 넉넉함이 얼음덩이 손에 쥐어진다

친밀함이 마지막 안식처라던 사람들*
서로 의심하며 눈을 부라린다

냉정한 죽음을 탐닉하는 검은 개들
들판은 실제 푸른 것보다 묘사할 때 더 푸르고*

떠오른 시체는 묘사할 때 더 처참하다
노란빛 외면하고 달 붉게 변할 때
공희의 바다에서 울부짖는
죽음은 끊임없이 발굴되어 떠오른다
물에 퉁퉁 불은 주검들 터질 듯 하얗다

검은 개들을 사육하며 눈알을 번득이는 샤먼 퀸과
다시 떠오를 것을 암시한 블러드 문
죽은 자들이 안부를 전해온다

* 『리스본행 야간열차』

그림일기

집으로 가는 길목에서
멀리 보이는 무덤과
낮은 지붕과
짱짱하게 내리쬐는 태양과

할머니가 언덕에 선다
어머니가 언덕에 선다
언니도 나도 동생도 언덕에 선다

우리 집엔 여자들만 살았다
매일 밤 이불 속에 들어가
하릴없이 울었다

바람이 지나가고
달이 백만 번 커졌다 작아진다
다리 밑 시냇물 더디 흐르고
낮아지는 구릉과

키 작은 나무들이 쓸쓸히 굽었다

몇 겹으로 가려진
검은 창을 스크래치 하면
간간이 새어나오는 노란 웃음
골목이 길다

언덕 가득 벗어놓은 가로등 빛 아래서
고양이 늘 서성거리고
건너야 할 다리와
다리 밑의 푸른 물빛과
빨려 들어갈 긴 골목을 읽는다

손아귀, 소나기

갑자기 굵은 비 쏟아진다
저건 몰려다니는 구름이 손아귀를 움켜쥔 주먹, 주먹을
일제히 들어 올리는 행위다
주먹과 함께 흘러나오는 왁자지껄한 함성

그렇게 갑자기 하늘에서 쏟아진다면?

주먹질은 금방 끝이 난다

이런, 게릴라성 손아귀라니
이렇게 쉽게 흩어지는 주먹이라니
긴 막대를 든 한 떼의 검은 주먹들이 달려오자
뿔뿔이 골목으로 흩어지는 손아귀
한 번의 천둥으로 놀라 흩어지는 주먹들

너무도 허약한 구름들

저 구름들 무슨 힘으로 하늘 광장에 모이나

무슨 힘으로 손아귀를 움켜쥐나

무슨 힘으로 주먹을 추켜올리나

달아나도 그 자리, 그 발바닥인데

무슨 힘으로 눈물을 모으나

어떤 힘의 작용으로

손아귀에서 스르르 힘이 빠지나

무슨 힘으로 세상을 하얗게 잠재우나

하늘에서 손바닥이 내려온다면?

하늘에서 눈빛이 비춰진다면?

갑자기

컴컴한 혹은 영원한

왜 예감은 항상 반 발짝씩 늦는 걸까

조심조심, 물컹!
방문을 가로막은 검은 덩어리, 불에 덴 듯

세상에서 가장 물컹한 어둠을 만졌다
푹 익어
살짝만 건드려도 뭉개질 것 같은
너무 투명한 현실적 어둠으로

출입문은 왜 이제야 내 잠을 노크한 걸까

엄마를 부르는 건 어둠에 대한 예의가 아니었다
대신 달빛을 소환했다
엄마와의 비좁은 방이어서
잃어버린 빛의 잔해를 잡아당겨 방을 넓혔다
손가락 삼아 빤 모든 아침을 게워냈다

밤과 어둠의 경계는 10센티미터

문지방을 몸부림치다 쓰러진 화장대 의자와
창문을 감시하던 별빛
내 어린 잠마저 숨소리를 죽인 적막의 한가운데
뻣뻣한 어둠은 바닥에 허물어졌다

허공에 걸린 어둠은 야채실 구석 검은 비닐봉지 속 오이
내가 만지는 어둠은 모두 물컹이다
스스로 정한 몽니
철렁 엄마,

혀끝에 맴도는 이름

이름의 두 글자만 생각나고
그 뒤에 태양을 나란히 대본다
나무를 붙여본다

다정한 유성우
당황하는 물방울
바지랑대 위의 잠자리 눈알

태양의 슈팅스타는 맥없이 녹으므로
분홍 스푼은 입속으로 언 설탕을 퍼 나른다
그러다 끝내 혀가 얼어붙고
마비된 태양은 혀끝에 달라붙어 떨어지지 않는다

손가락 사이 깊이 꼬나문 너의 담배와
말할 때 혀를 날름거리는 마른 입술 너의 습관
알 것도 같아
웃을 때 이따금 피어나는 보조개

슈팅스타를 녹이는 너의 호들갑도 있지

돌아서서 끝내 채워지지 않는 너의 전부

노을 속으로 먼지처럼 떠돌다
번질거리는 어둠의 천장 가운데부터
꽃들이 연속으로 걷힐 때쯤
생소하게
비로드처럼 미완성의 이름을 중얼거린다

수줍은 낮달

햇살 대신 수줍음을 발견한다

애인의 집에서
말없이 찌개를 끓이고
말없이 거실을 닦고
말없이 겉옷의 단추를 바꿔 달던 네가

자물쇠 걸어 문 잠그고 애인 손에 쥐여주던 열쇠와
모퉁이 돌다 멈춰 뒤돌아보는 고양이
사과 상자 속 벌레 먹은 빨간 사과를 골라내고
창마다 방한용 비닐을 붙이던 네가

시선을 떨구고 드러내는 수줍음

드러내지 못한 진눈깨비
드러내지 못한 번지점프
드러내지 못한 짓무른 미소

잡았다 햇살

잡았다 양털 구름
잡았다 여우비

천장 구석으로 노을처럼 몰려가는
창백한 사방연속무늬들

스틸 라이프(still life)

사내 혼자 들여다보는 텔레비전 화면 속, 어스름을 접수한 사막의 태양은 낙타 눈꺼풀 속에 갇힌다 눈꺼풀의 그림자가 먹어치우는 모래언덕과 담배 속지 같은 하늘의 경계가 뚜렷하다 낮과 밤의 교역으로 이정표를 잃은 불빛들이 긴 최면에서 허물없이 부화한다 어둠은 불빛의 반대쪽으로 비스듬히 기운다

돌보지 않는 영역으로 저녁은 침잠하고 낙타 속눈썹 끝에는 태양의 정액이 매달려 있다 바뀌는 화면 속 잔소리에 사내는 담뱃갑을 집어 베란다로 나간다 툭툭 발끝에 걸리는 어둠이 바람의 모래처럼 몰려다닌다 불도 켜지 않은 베란다에서 담배를 뻐끔거리며 사내는 며칠째 귀가하지 않는 아내를 기다린다 자귀나무 잎사귀는 제 그림자를 껴안고 잠들고 새장 속의 침묵은 새의 눈빛에서 잠깐씩 빛난다

한 장씩 털갈이하는 에로티즘의 표지를 열면 오른쪽 검지로 담뱃재를 터는 사내가 아직도 신전의 석상처럼 명멸하는 불빛을 응시하고 서 있다 사내의 침묵은 고대 무술처럼 아

내의 귀가에도 변함없다 아니 아내와는 아무런 상관없다 침묵을 해석한 사물들이 제각각 밥으로 잠으로 꺼진 불로 표현될 뿐이다 말라버린 밤의 바닥에서 잠깐씩 잊힌 신화의 흔적을 발견한다

화면 앞 사내의 등짝은 익숙한 웃음처럼 뭉개진다 자고 있는 사내가 사내의 등짝을 밟고 지나간다 거울을 보면 낙타 아닌 낙타가 보이고 거울 속엔 분명하지 않은 낙타 발자국처럼 사내가 벗어던진 몇 켤레 양말들이 나뒹군다

쁘라삐룬(prapiroon)

눈물 듬뿍 머금은 천만 개 눈알들
대지에 부닥쳐 터진다

낯선 자의 방문은 심장이 건너뛴 밤
신탁을 선택한 구름들의 암투는 심장 박동수를 늘린다
금속성 화음은 양철 지붕의 리듬을 조율하고
분노를 넘어 신의 눈망울로 오는 검은 창공의 타악기
지붕까지 흘러넘친다

웅덩이는 지상을 평정하려 한다
폼생폼사 자동차는 밀려온 토사의 언덕이 되고
뾰족한 지붕을 자랑하던 유럽식 양식은 코가 납작해진다

눈망울에 빠져 풍경을 휘젓는 것들
황토물 속에 풀어놓은 개구리들 아우성으로 불어난다
하늘 바깥으로 흐르는 구름의 이면을 감시하는 개와
젖은 새들의 날갯죽지 터는 소리, 잠결에도 허밍이 된다

계절풍을 뚫고 가지 못하는

어둔 표정의 대척점에

떠밀려가는 은유의 주소지를 더듬는다

계곡의 밤이 거세게 범람한다

어둠을 방황하던

낮은 지붕 여러 개 실족시켰다는 소문이 무성하다

신은 은유를 넘어 울음이 된다

* 쁘라삐룬은 물의 신.

더치커피
— 커피의 눈물

한꺼번에 밀려온 슬픔은 흥건해지지 않았다

울음통은 풍선처럼 터지게 차오르는데,
불어터진 젖멍울처럼 아파오는데
해학의 거울처럼 찬 기운은 몸을 휘돌아 슬픔 걸러낸다

배후에서만 흥건해지는 빗물과 침묵으로 흐르는 슬픔
몸속 물관을 휘젓지만 눈시울 붉어질 뿐

아무도 마주치지 않는 골목 끝과 시장통의 눈빛들
눈물이 눈물의 습지에 닿을까
멍하니, 웃음을 타자로 카페 창문에 기대
애써 표정을 바꾸는 종의 법칙
흐린 창문에 매달린 한 방울의 눈물과 눈썹에 매달린
농익은 감정의 슬픈 체액
눈물 떨구는 속도가 슬픔의 농도를 결정한다

방울방울 침묵의 총합은 검고 눈물의 농도는 쓰다

제4부

나는 거기 없다

물어본다
— 신해철에게

이건 영화 보면서 느낀 건데

분명 너도 나도(내가 나를 보진 못하므로) 그럴 거라 생각하
는데

사랑을 나눌 때

점점 붉어진 얼굴이 혐오스러워지다 죽음의 표정이 되
는 거

에로스와 타나토스가 한 몸이어서

몇십 년 생사도 모르던 혈육이

만남의 순간 기쁨보다 슬픔이 먼저 튀어나오는 거라고

포복절도하다 눈물 나는 것과 농담 끝의 엘레지라고

죽음이 삶보다 강해 제발, 제발 속삭이지만 상대는 모르
는 척, 하던 짓 속도 내는 것이라고

더러 복상사하거나

가장 격렬한 음악을 연주하고 끝냈을 때의 고요한 텅 빔
이라고

그러나 나의 악기는 아직 줄이 팽팽한 외로움이라고

삶이 절정일 때

슬픈 표정 하지 말라며 그는 떠났다

연주한 음악들, 콘서트를 상상해봐

기타를 멘 그가 절정의 클라이맥스일 때

표정 안에 그는 사라지고 없다

마음이 입속에 없듯이 그의 표정 안엔 죽음밖에 없다

죽음의 표정은 삶의 절정에서도 나타나는 법

죽고 난 후

기타 줄처럼 일직선으로 닫힌 그의 입

그러나

이미 연주한 삶의 절정들이 반복되고 반복된다

복제된다

영화 속 연인은 순식간

평화로운 야수로 돌변해 서로 물고 핥는다

나는 그가 없이 있고 그는 모두가 없이도 있다

맨스플레인(mansplain)

오늘의 뉴스는 거리에서 콧구멍을 후비지 말 것
너의 거친 입에 거품을 물고

너의 활달한 이야기는 질서정연해
슬픈 이야기는 지루해
너의 농담도 너무 단순해

기차를 타고 터널을 지나면 눈밭이 펼쳐지지
솟구치는 빗방울의 직선들
양철 지붕 위로 되돌아가는 눈발의 포물선들

너의 이방인으로 남아

너의 세계는 늘 기차 소리가 난다
입안에서 살살 녹는 뉴스의 거친 맛
끝없이 증폭시킨다는 거
폭주 기관차의 종착지는 언제나 죽음이라는 거

너의 안녕을 확인하는 도구였나

너의 불안

너의 기원

먼 곳에서 끌고 오는 너의 발자국

잠깐 새어나오는 가녀린 숨결

최소한의 여백은 막다른 모퉁이에서 만나고

달콤한 꿈을 꾸다 훌쩍 떠나는

공연한 바람의 흔적

뻔뻔한 구름의 소식

해변을 휘도는 공허한 메아리여

질주의 방식

살아 있지만 살아 있음을 간과하면 불현듯
어둠은 어둠을 견인하고

나는 나를 추월해 흰 국화로 환생한 적 있다
오아시스를 덮고 내 장례식장을 장식한 적 있다
몸이 분리되어 대지와 허공으로 한없이
사이가 벌어진 적 있다

한때의 감정으로 펄럭이던 때
벚꽃이 봄을 점령하듯
겁 없이 달려드는 눈빛 살피는 일

가로수의 안녕도 없이
눈 깜짝할 사이 몸 밖을 튕겨 나온 혈액은
장송곡처럼 흘러

달을 추월하고 꽃보다 빠르게 나무를 추월하고
겨우 환생한 사막여우처럼 눈을 동그랗게

멈춘 숨을 토해낸 적 있다

목숨 건 추월엔 경계가 없다
달빛의 지붕에서 낯선 빙하의 담벼락까지

시계는 흰 벽에 꽃으로 피고
오늘을 추월한 오늘처럼
미지의 낯선 행성은 나를 맞아줄 것이다

고속 재생되는 채플린, 채플린 씨들

노래하는 달 쩍 벌어진 입에서 흰 구름들 빠져나가고 잠 깬 태양이 짙푸른 가래침을 칵칵 내뱉는다 푸른 새벽 의자 실어 나르는 사람들 일제히 손뼉을 짝짝짝, 어이 아가씨! 채 플린이 부르자 누구는 왜 이래요?, 누군 안녕! 손 흔들며 지 나간다

시간을 단축하며 16배속 재생되는 비디오. 세계의 모든 소리는 제거되고 사람들의 움직임은 뒤뚱뒤뚱 도드라진다. 한 사람의 움직임이 동력이 되는 듯 타인에게 건너가는 사 람들이 톱니바퀴처럼 하나의 기계에 엮인다.

빠르게 흐르는 차가운, 혹은 차갑지 않은 공기가 푸른 화 면 속에 가득하다. 몇백 년 흘러도 그 전의 공기는 화석처럼 머무르는 아, 지루한 기억들은 생략되고 여전히 컨베이어 벨트처럼 연결되는 움직임들.

폐부 깊숙이 빨아들인 담배 연기가 입 모양을 허공으로 옮기다 긴 머리처럼 산발한다 구두 수선집 앞 버스정류장,

반짝이는 구두에 몇 대 지나가는 망설임을 비춰본다 시간은 용기를 내고 "저, 저……", "답답해요, 채플린 씨! 새벽의 패기는 어쩌고…… 그러다 세월 다 보내겠어요" 우물쭈물 흘린 시간들 잠식되고 잠들지 않는 해바라기 줌아웃 되는 팔짱 낀 헐렁한 바지

　차디찬 공기가 기울어진 햇살을 자르는 오후의 공원. 늙은 채플린 씨, 아이 채플린 손을 지팡이처럼 움켜잡고 늦은 공원을 산책한다 떨고 있는 단풍나무의 붉은 색기(色氣) 다급히 흘려보내고 거리마다 길 찾는 눈동자들 폭발하는 국화꽃 노랑에 악성 루머처럼 순식간 점령된다 낯선 할머니의 벤치로 다가가 '어이(아가씨)!' 전혀 미동하지 않는 흐린 눈동자 멍하니 하늘을 올려다본다

벌안[發安]

모든 문장은 이곳에서 슬프게 사라졌다

단발머리 소녀가 오래된 서쪽을 바라보면

죽은 줄도 모르는 언니는
아직도 갯벌의 문장을 다듬고 있다
붙여놔, 내 머리
큰 눈 껌뻑이던 가위에 썩둑 잘린 문장들
짧아진 앞머리와 휑한 이마를 해결한 건
겹쳐질 수 없는 언니의 시간과 서쪽을 향한 툇마루

상수리나무 성황당엔 검은 리본이 내걸렸다
밧줄 칭칭 감아 배 아래 옭아맨 밀물
아랫마을 오빠의 은밀한 휘파람은
울던 올빼미처럼 갯벌에 갇혔다

무슨 이유로
눈물과 노을의 노래였다가 풋사랑의 아련한 평야였다가

고속도로의 빠른 문장이 되었는지

밭도 아닌, 바다도 아닌
넓은 뻘 안쪽 마을
바지락 넣어 끓인 감자 수제비의 서사는
갯벌에서 긁어온 바지락들의 부딪힘
바다 소리를 복제한다

들판으로 갯벌로 찰랑대던
단발머리의 툇마루엔
갯벌의 문장을 빠져나간 고층아파트가 버티고 있다

상투적으로

시간을 읽고 있는
너와 내가 생각하는 일 초의 간극을

버스를 타고 오는지
신호등이 가로막고 섰는지
지금쯤 엘리베이터 안에서 거울을 보는지

벽을 열면 쓸쓸함이고 문을 닫으면 망설임이듯
계단은 또 계절로 이어진다

선택에 따라 빗질처럼 섬세한 시간을

온몸으로 읽는 지금 여기,
아직 여기
달팽이 한 마리 거울에 붙어 하루를 들여다본다
손바닥에 움켜쥔 달콤한 추락을

발바닥이 읽는 익숙한 길과

불빛 환한 골목이 모든 저녁을 품어 안을 때

네가 오기까지 봄으로부터 봄에게로

계절은 몇 번씩 반복하고

어색한 붉음을 불쑥 내밀 때 언젠가 읽었던

식탁의 주인공처럼

마주 앉으면 숨이 막히도록 차가운 고요

너는 아직도 내게 오는 중

영국은 한때 창문 크기로 세금을 부과했다

틈입하는 빛살은 이 집안에선 사치다

액자만 한 몬드리안풍 커튼은
지하 셋방을 전전하던 쇠창살처럼 친숙하다

창밖엔 종아리들만 걸어다녔다
몇 개 지하 계단을 밟아야 밖의 온기는 발 들일 수 있었다

식탁에 앉아 감자의 어둠을 벗기면
포삭한 흰빛은 입으로 흡수되고
한 수저의 허기로 달콤해지는 저녁의 식탁

꿈은 쉽게 발아했지만 모가지가 길었다
무릎 간간이 부딪치며
창문 없는 창으로 오는 것 같았다

나는 종종 교각 풍경을 들고 와 아침을 표절했다

햇살이 기울어도 기울어진 줄 모르고

십자가에 기대 표정을 바꾸는 내일의 쪽창

저녁놀을 배웅하고 나면

남루는 하루치만큼 신발 밑창이 닳아 있을 것이다

균형

비틀거리다 넘어지고
비틀거리다 또 쓰러지고
비틀거림은 비틀비틀 전진한다

나는 너를 그렇게 배웠어
너도 나를 그렇게 사랑했지

나의 자전은 어설프지만
태양 쪽으로 기울어 너를 훔쳐보기 위한 몸부림이야

혼자여도 괜찮아
자전의 기술은 습득한 물건처럼 내 것이 되므로

연못 위에 붉게 선 플라밍고는 한쪽 다리로
오래도록 한 곳을 응시한다
바람결에 리듬을 맞추는 노련함으로
키 큰 나무가

한 다리로 수천 년 살아가는 자세야

등 뒤에 붙어 따뜻함 즐기듯이
태양과 지구 사이 팽팽한 공기들의 저항을
다정하게 유희하지

비틀거려도 어색하지 않아
비틀거림으로
비틀비틀 언제든 다시 살아나지

리듬 0*

나는 무방비 상태로 전시되었다
주어진 시간은 6시간
긴 테이블엔 꽃, 칼, 와인, 빵, 금속 막대기, 면도날, 총알
이 장전된 권총

의도와 상관없이
관객은 신비의 눈빛으로 나를 탐색한다
한차례 격랑으로 어지럽힌 방을 나가
꽃을 사 들고 들어오는 아버지의 순해진 뒤통수를 닮아
그들을 잠깐 오해한다

꽃과 빵을 건네는 것으로 쾌락은 리듬을 탄다

눈빛이 달라지는 그들
나를 테이블에 눕히고 누군 키스를
누군 다리를 벌려 막대기를 꽂고 누군 배꼽을 쑤신다
로션을 바르는 거야, 최면은 한 계절을 통과한다
격렬한 몸부림으로 얻는 쾌락의 크기만큼

아버지는 정말 짜릿했을까?

와인은 혓바닥을 넣어 키스를 하고
면도날보다 더 쓰리게 때리는 꽃과 권총이 되는 빵

살을 베고 목덜미에서 흘러나온 장미꽃을 핥다가
장전된 권총을 내 관자놀이에 갖다 대는
사랑스런 아버지들
드디어 쾌락은 극대화된다
아버지의 쫄깃한 심장 박동을 위해
죽음은 기꺼이 예비되어 있다

면도날이 지나간 흔적과 금속 막대기의 팬 상처들

손에 장미꽃을 든 아버지
가시의 위로는 또 다른 계절의 시작이다

* 1974년, 세르비아의 마리나 아브라모비치의 행위예술 프로젝트.

마리코 아오키는 서점에 갈 때마다 배변 욕구가 생긴다

서점의 책들은 날것이다

책들이 풀처럼 일어선다
나는 낯선 글자들에 민감하다

신선한 제목들 앞에선 야생의 짐승으로 돌변한다
눈에 띄는 대로 뺏다 도로 끼웠다 한다
날것의 글자들은 날것인 채로

서점의 시간은 풋것을 섭취하는 채식주의자의 원형 식탁
중심은 비어 있고
마리코 아오키가 은밀한 체위를 꿈꾸듯
절름발이 늑대에게도 경건한 목례를 표하며*

상상도 식물성일까?

하루를 꺼내 들고 백 년의 변기에 앉으면
시간을 세는 초침을 이해하고

정착지를 잃은 상상들을 외롭지 않게 다독였다
끈질기게 씹어 삼킨 살코기를 생각한다
관념이 풍기는 따위의 고소한 맛에 대해

한 권의 들소를 해독하는 데 천만 평 초원이 필요하다
원형 식탁의 즐거운 추억일지라도
들소는 묵직한 침묵으로 배설될 것이다

* 바스코 포파의 시집 제목 『절름발이 늑대에게 경의를』.

첫사랑을 산다

첫 마음들이 모인다
사랑 시장이 열린다는 나라로
이별이 끝내 아픈 사람들,
찬란한 하루치 첫사랑을 산다

황홀함, 번뜩임, 떨림, 두려움이 응축된
꿈의 노벨레
잠시 네 이름 앞에서 발이 멈춘다

저수지 옆 키스 나눌 버드나무를 정하듯이
도시로 언제 떠날지 약속하듯이
사랑은 즉흥적 이별이다
웃음 물결치는 태양빛 짧은 치마 펄럭이고
감미로운 달빛 우주 한 번에 끌어당긴
물기 어린 눈빛
가슴에 고이고이 묻은 채로

벽을 만나 타오르다 끝내 이울어진 사랑과

새끼손가락 건 깨진 약속의 둘레와

서걱거린 발밑의 모래밭

몸이 가벼운 감정의 출렁거림

너는 어디쯤 왔니?

일 초가 억겁이 되는

당도하기도 전 마음은 벌써 붉다

의자들

의자 위의 의자 위의 의자는 빌딩 창이다
의자 옆의 의자 옆의 의자는 침대다
흰 가운의 의사는 환자 엉덩이에 바늘을 찌르고
벽에 기대놓은 그 위에서 쪽잠을 잔다
창마다 얼굴 내밀고 강물 위로 시선을 보내는 사람들
창문 안쪽 바라보며 빌딩을 꿈꾸는 사람들

이렇게 일사불란한 것을 본 적 없다
저 의자들이 한꺼번에 쏟아져 나오는 것을
도열하는 군인들처럼 열 맞추는 것을

흥겨운 리듬을 붙여본다
의자의 변신은 무죄다
힘 빠지는 다리와 엉덩이는 의자에 친절하다

말하지 않아도 대화하는 의자들

창문 안의 의자들은

식탁 위로 친근하게 어깨를 두드리고
책상 앞에서 활자에 날아갈 꿈을 건다

무대 쪽으로 집중하는 수천 개 부동의 의자들
웅크린 날개 펴고 공활한 창공 나는 의자들
시계추 늘어뜨린 벽시계 아래 맥없이 흔들리는 의자
아이들처럼 줄지어 서울에서 부산까지 즐겁게 달리는
의자, 의자들

귀신이 산다

귀신이 산다는데
이 방에
글자 귀신이 우글거린다는데
한밤중 깊이 잠든 너를 깨워 내쳤다는데

경계를 없애고 친구 집 들락거리는 방식으로
수학자의 아침을 책임지는 형식으로
사라진 시집은 투명한 바람처럼 발자국도 없이

천장에서 비처럼 쏟아지겠다고
저들끼리 산맥이 되겠다고 세계를 연결하겠다고

벚꽃 길 자전거 뒤의 이런 사랑은
한밤중 괘종시계의 마지막 의식
오래 서성거린 발자국이 농담처럼 키득거린다
달 뜨는 저녁 잃어버린 문자는 아침 햇살 사이로
뱃속에서 부서진 사월의 사랑과

슬픈 시월의 아이는 흔적도 없이 어디로 사라졌나

귀신들이 꾸미는 글자들의 풍경
귀신들이 꿈꾸는 떨어진 열매와 말모이

시 안 쓰는 네 앞에 당당하게 나타나고
스물네 시간 골골 신음하는 등 뒤로

겁쟁이처럼 숨을 필요 없잖아

나는 글자 귀신이 안 무서워 무서워
안 무서워 무서워 안 무서워
무서워 무서워

중첩

꼭두새벽을 난도질한다, 도마질 소리
미간 찡그린 잠은 무처럼 토막 나 방바닥을 뒹군다
물고기 텅 빈 배 텅텅, 부스스 일어나는 바람
숲의 가마솥에 불을 지피자
어둠의 중심부엔 풀들의 아랫도리부터 서서히 끓는다
검푸른 시누대 잎들 파랗게 데쳐지고
관목들 밑동은 바람 속에 굵어간다

까만 머리털 잔디 같은 일락사(日樂寺) 비구니 손에 움켜쥔
나무 봉
질기게 되살아나는 불꽃을 깨부순다
고딕체로 꾹꾹 눌러 쓴 낙서 같은 중얼거림
팔짝 지붕 처마 끝 쇠붕어 건드리는 바람
봉인된 이름을 노릇노릇 구워낸다

솥뚜껑 열렸다 닫히는 소리
뿌연 김 솟아오른 어둠 산꼭대기로 몰려가고
바쁜 태양은 우표처럼 숲으로 이른 아침을 보내온다

잘 익은 숲의 풍경 한 상 말끔하게 차려낸
아침, 환한 빛 속으로 한 발 내딛는 순간

부엌문 삐걱 힘껏 목어를 두드리는
그만 일어나 밥 먹어라!!
매일 동터오기 전
습관적으로 경건한 예불을 드리는 엄마

지평선을 바라본다

비 온 뒤 선명해진 저 현을 건드려 소리를 내고 싶다

비의 수직은 현을 튕기는 방식
밤새 빗방울이 현을 뜯는 소리 들었다

부산한 수직들이 엎드려 고요한 지평선이 되었나?
직선이 외롭다 생각한 건 처음이야
나와 죽음을 연결하면 지평선으로 편입된다는 생각
적막한 선으로 울음조차 일으킬 수 없는 청결한 죽음

지평선이 일어나 걸어온다
저 먼 선을 건너오는 사람은 어린 나무가 자라는 것 같아
수평선을 넘어오는 태양도 노래를 품고 커지지
기적을 부정하면 기도는 필요 없을 거야
고래가 되어 먼바다의 고요한 현도 연주할 수 있겠지

양쪽에서 팽팽히 잡아당기면
온 우주의 물방울 악사들을 초대해 연주회를 해도 좋을

세계의 끝에서 죽음 그 '너머'를 바라보다

박성현

　시는 움직인다. 문장으로 하나의 의미가 구축되는 순간부터, 시인이 대상−이미지를 포획하고 그것을 시로 표현하기로 결심한 순간부터 시는 분열하고 포괄하며 배치하고 끊임없이 재생산한다. 우리가 시를 유기체에 비유하는 것은 단순한 수사가 아니다. 그 집요한 생명력, 지속적으로 삶에 침투하고 작용하는 끈질긴 의지에 대한 경이로운 대답이며, 역사적 시간과 회화를 과감하게 포착해내는 흡입력에 대한 놀라운 표현이다. 시가 언어들을 단절시키고도 항상 새로운 '언어'들과 접속하고 변이할 수 있는 것도 시가 움직이기 때문이다. 이러한 이중, 삼중의 겹침은 그곳이 밀실이든 사회적 공장이든 역사의 아득한 미래든 상관없다. 시는 움직인다. 스스로 움직이며 인간의 거대하고 총체적인 시공으로 스며든다.

　시는 움직이면서 눈 위의 발자국 같은 흔적을 남긴다. 우리의 감각과 사유 속에 무엇인가를 각인시키는 것인데, 우리는 섬광과도 같은 그것을 '의미의 일회적 나타남'이라 부른다. 이 아우라 (aura)는 삶의 수많은 굴곡들에 집중하고, 역사적이고 사회적인 문

턱들은 물론 문턱에 새겨진 미세한 생채기나 주름까지도 한데 모은다. 요컨대, 시는 의미를 돌려세우는 동시에 의미를 파생한다는 것인데, 시는 움직이며 끊임없이 문장을 작동시키고, 그 '문장'은 우리의 시선을 사로잡으며 더 깊이, 더 멀리 간다.

그런데, 시가 스스로 움직인다는 것은 시인의 능동적 자기표현을 멈추게 하는 것일까. 시인을 돌려세우고, 한때의 주관자를 시로부터 영원히 단절시키며 주체와는 전혀 상관없는 독자적 생명-회로를 갖추게 하는 것일까. 전적으로 맞는 말이다. 시와의 관계에서 시인은 저작권자로서 등록될 뿐이며, 문장이 독자에게 작동하는 과정에서 그는 부재한다. 문장이 생성되어 '시'라는 시스템에 기입되면, 시인과 그의 문장을 연결하는 수많은 고리들은 약해지고 느슨해지며 종국에는 끊어진다. 시의 능동적 자기표현이란 문장을 산파하기 직전까지만 적용되며 그 이후의 모든 권리는 거품처럼 사라진다.

성향숙 시인은 시의 이 같은 사활을 정확히 알고 있으며 그런 까닭으로 그는 작품의 까마득한 '뒤'로 물러난다. 이것이 시가 예술로 고양되는 최선의 길이 아닐까. 시인이 산파한 시-유기체는 스스로 작동한다; "창문 안의 의자들은 /식탁 위로 친근하게 어깨를 두드리고/책상 앞에서 활자에 날아갈 꿈을 건다//무대 쪽으로 집중하는 수천 개 부동의 의자들/웅크린 날개 펴고 공활한 창공 나는 의자들/시계추 늘어뜨린 벽시계 아래 맥없이 흔들리는 의자/아이들처럼 줄지어 서울에서 부산까지 즐겁게 달리는/의자, 의자들"(「의자들」). 여기서 '의자'를 '시'로 바꾸면 상황은 좀 더 명징해진다.

*

　시의 의지, 시의 고립과 확장, 시의 언어적 단절과 섬세한 겹침, 모호함의 은밀한 집중들은 시가 생성되는 순간, 그것의 발가벗음과 함께 던져지는 시의 실존이다. 시는 던져지듯 우리의 삶에 외삽(外揷)되는 것이며, 우리의 살과 뼈와 피에 공명해 '살아 있음'이라는 실로 가장 치열하고 중요하며 명백한 사태의 중심에 선다. 문장이 존재하는 모든 곳에 '시'가 있다는 말이다. 시는 대상을 바라보고, 그곳에 글자와 문장을 새기며 내부와 외부를 섞어놓고 뒤바꾸며 전복한다. 요컨대, "내부와 외부를 규정짓던 견고한 벽"이 허물어질 때, "스텝이 엉켜도 바람의 춤사위는 계속되고/푸른 웃음기들이 모여"들며, "드디어 목련꽃도/풍경의 내부에 들어와 활짝 허공을 깨뜨"린다는 것(「깨진 유리창 이론」).

　시가 만들어내고 숙성시키는 사태에 대해 성향숙 시인은 "와불이 응시하는 먼 곳"이라며 상징적으로 쓰는데, 그것은 곧 "잠든 사이 다녀간 도둑처럼/안으로 집중하다가 주변으로 흩어지는/쥐똥나무 울타리로 둘러쳐진 고요"이며, "소멸의 명부를 들춰 퇴색하는 푸른 강물과/붉은 단풍잎의 낙하/늙지도 죽지도 않는 부처 몸속에 흐르는/달에서 태양으로/무덤에서 무덤으로" 흩어지는 '고독'이다(「고독의 발명」). 그가 묘파한 것처럼, 시의 실존이란 '고독'의 다른 말이다. 불가피하게도 시는 '시인'이라는 실존적 고독을 통해 완성된다.

플라타너스는 플라타너스의 간격이 있고

그 사이 수레는 수레의 고독이 있다

　　　　　　　　　　　—「퍼스널 스페이스(personal space)」 부분

혼자일 때 비로소 문밖의 고독이 달빛처럼 환해진다

　　　　　　　　　　　　　　—「저녁이 온다」 부분

　시인은 말한다. "플라타너스는 플라타너스의 간격이 있고/그 사이 수레는 수레의 고독이 있다"(「퍼스널 스페이스(personal space)」). 이 문장에는 놀랍게도 '고독'이 실존을 이끌고 완성한다는 통찰이 담겨 있다. 모든 사물(생명체 포함)들은 자신의 생존을 위해서 반드시 일정한 관계의 그물망 속에 존재해야 함에도 불구하고, 저마다 실존을 위한 고독의 간격을 유지해야 한다. 요컨대, 플라타너스가 플라타너스로 실존하기 위해서는 자신의 고유한 간격이 있어야 하며, 마찬가지로 수레도 '수레'의 간격을 통해 존재 혹은 '살아 있음'의 지속적 의미를 찾는 것. 그러므로 혼자일 때야 비로소 '문밖의 고독'도 달빛처럼 환해지지 않는가. 결국 실존적 고독이란 존재의 긍정이면서도 "나는 그가 없이 있고 그는 모두가 없이도 있다"(「물어본다」)는 투명한 '모순'과 '아이러니'다.

　만일 하이데거가 말한 것처럼, "경계란 어떤 것이 끝나는 지점이 아니라 무엇이 존재하는 것을 의미하기 시작하는 부분에 가깝다"면, 실존적 고독이란 주체와 타자들의 완전한 분리 내지는 주체의 단절과 고립이 아닌, 타자와 주체의 영역이 겹쳐지는 공간이다. 왜냐하면 그 두 영역은 각각의 개별성을 가진 채 서로 스며들

며 중첩되고, 중첩됨으로써 존재가 지닌 다양성의 가치를 긍정하는 '이접적 종합'(들뢰즈)으로 향하기 때문이다. 다시 말해 경계는 주체와 타자의 구별(혹은 '구분')이 아니라, '섞임'과 '교차'이고 '다름'을 더욱 명확히 하는 '차이'의 사유다. 모든 경계는 생산적 상상력의 장이다.

시인은 「장님거미」에서 이렇게 말한다; "혼자 산책하는 느린 오후라고 하자//긴 다리로 경중경중 거실로 스며든 여자라고 하자//궤적도 남기지 않는 깔끔한 뒷모습이라고 하자//…(중략)…//절룩거리는 시곗바늘의 쇳소리를 저장하는 오후라고 하자//읽고 있던 시집으로 탁 칠까 하다 그만둔다고 하자//도시의 오후 풍경은 선팅 유리 밖 땅거미 지는 어스름이라고 하자//밤이 오면 어둠은 머리가슴배를 통짜 덩어리로 만들어서 두렵다고 하자//집에 가기 위해 시계를 목에 걸고 옷깃을 여민다고 하자//사당역 뒷골목 사거리에서 제 키보다 더 큰 지팡이를 양손에 들고 경중경중 걸어간 여자를 떠올린다고 하자". 여기서 시인은 '장님거미'와 접속되는 모든 현실들 — '느린 오후', '거실로 스며든 여자', '깔끔한 뒷모습', '시곗바늘의 쇳소리를 저장하는 오후', '어스름' 등 — 의 윤곽을 소묘하며, '장님거미'의 모든 변이-가능성을 찾아낸다.

서점의 시간은 풋것을 섭취하는 채식주의자의 원형 식탁
중심은 비어 있고
마리코 아오키가 은밀한 체위를 꿈꾸듯
절름발이 늑대에게도 경건한 목례를 표하며

상상도 식물성일까?

…(중략)…

한 권의 들소를 해독하는 데 천만 평 초원이 필요하다
원형 식탁의 즐거운 추억일지라도
들소는 묵직한 침묵으로 배설될 것이다
　　　　　　— 「마리코 아오키는 서점에 갈 때마다
　　　　　　　　　배변 욕구가 생긴다」 부분

　이 시의 전반부에서 시인은 서점을 '날것인 책들이 일어서는 곳'이라 말한다. 풀처럼 솟아난 책들이, 그 빳빳한 종이들의 간절한 '일어섬'을 그는 '바람 부는 들판의 역동성'으로서 표현하는 것이다. 그에게 서점은 중심이 비어 있는 들판이다. 여기서 '마리코 아오키'가 은밀한 체위를 꿈꾸며 절름발이 늑대에게도 경건한 목례를 표한다. 서점이란 풋것을 섭취하는 채식주의자가 늑대와 함께 어울리며 식물성의 상상력을 가동시키는 장소인 것이다.

　다시 말해, 시인에게 서점은 '들판'이라는 수평적 소실점이 보이는 장소이며, 유목의 공간이다. 정착지라는 중심을 점유할 필요도 없이, 그는 글자들이 탐스럽게 돋아난 곳에 잠시 머물며 드문드문 거쳐 갈 뿐이다. 그는 책을 읽고 글자들을 씹으며 천천히 소화시킨다. "한 권의 들소를 해독하는 데 천만 평의 초원이 필요하다"고 말하는데, 그만큼의 사색과 생활과 의지가 있어야 한다는 뜻이므로, '들소'와 '초원'은 '책'과 '시간'으로 자연스럽게 전이된다.

이 시에서 우리가 읽어야 할 것이 하나 더 있다. 책을 섭취한다는 문장은 반드시 식사의 알레고리와 동시에 작동된다. 여기서 시인은 섭취의 두 유형을 상정하고 그 둘을 분리, 교차, 섞어놓는다. 시인은 어느 순간 채식주의자이며 다른 때에는 늑대로 변한다. 채식주의자들은 원형 식탁에서 풋것을 섭취하기도 하지만, 관념이 풍기는 따위의 고소한 맛을 상상하며 육식을 가로지른다. '채식주의자-되기'는 '늑대-되기'처럼 유목적이고 다중적이며 복합적이자 네트워크적인 경향을 가진다. 따라서 글자와 마찬가지로 '들소'도 시인의 소화기관을 거치면서 묵직한 침묵으로 배설되기를 기다리는 것이다.

*

특이하게도 성향숙 시인의 문장은 스크린에 영상이 투사되는 방식과 동일하게 언어를 운용한다. 그는 감독이자 연출이고, 시나리오를 만들면서 카메라의 차가운 시선 그 자체가 된다. 이를 증명하듯, "눈을 맞추고 가만히 들여다보면/몽롱한 꿈의 흔적처럼 굳은살 툭 떨어진다//눈 한 번 깜빡이지 않고 서로의 눈동자를/일 분 삼 분 오 분······/창문을 열어놓으면 바람이 휙/첫 시선에 홀쩍거리는 무성한 이파리들"(「36.5」)이라고 쓰는데, 여기서 '본다'라는 동사는 시인이 표출하는 다양한 감각들을 집약한다. 그의 '바라봄'이란 '떨어지다', '열다', '홀쩍거리다'라는 움직임에 대한 포착이며, 소리와 맛, 촉각까지도 대칭한다.

이를테면, "꽃들의 세상을 들여다본다/해바라기를 감자라고 말하는 너의 목소리는/향기처럼 번지는 꽃의 은유들"(「똥판지」)이라 쓰면서 '보다'를 '듣다'와 접속시키고, "전화벨이 울리는 동안/재스민 향기는 화요일 창문으로 날아가고/전화벨이 울리는 동안/목요일의 버스는 수원성곽 쪽으로 질주한다//나는 가장 맛있는 순간을 복제한다"(「스테레오 타이피(stereo typy)」)라며 후각('재스민 향기')과 청각('전화벨'), 미각('맛있는 순간')을 연접시킨다.

아울러 "잡았다 햇살/잡았다 양털 구름/잡았다 여우비//천장 구석으로 노을처럼 몰려가는/창백한 사방연속무늬들"(「수줍은 낮달」)과 같은 무질서하고 규칙이 없는 선형들의 나타남은 물론이고, "비틀거리다 넘어지고/비틀거리다 또 쓰러지고/비틀거림은 비틀비틀 전진한다//나는 너를 그렇게 배웠어/너도 나를 그렇게 사랑했지//나의 자전은 어설프지만/태양 쪽으로 기울어 너를 훔쳐보기 위한 몸부림이야//…(중략)…//등 뒤에 붙어 따뜻함 즐기듯이/태양과 지구 사이 팽팽한 공기들의 저항을/다정하게 유희하지//비틀거려도 어색하지 않아/비틀거림으로/비틀비틀 언제든 다시 살아나지"(「균형」)라는 예측할 수 없는 긴장감마저 이끌어 낸다. 시인은 이러한 공감각적 문장을 '바라봄'의 집요한 연속을 통해 산출함으로써 '이미지-서사'를 매우 역동적으로 변형시키는 것이다.

이 '바라봄'에 집약되는 감각의 '밀려듦'은 마치 고속으로 재생되는 '비디오 세계'를 압축하는 듯하다. 물론 이 시간에서의 삶이란 톱니바퀴와 같이 기계적으로 묘사되고 있지만, 그럼에도 불구하고 기계-인간의 시각적 풍경의 악력(握力)은 변하지 않는다. 그는 이렇게 쓰고 있다; **"시간을 단축하며 16배속 재생되는 비디오. 세**

계의 모든 소리는 제거되고 사람들의 움직임은 뒤뚱뒤뚱 도드라진다. 한 사람의 움직임이 동력이 되는 듯 타인에게 건너가는 사람들이 톱니바퀴처럼 하나의 기계에 엮인다.//빠르게 흐르는 차가운, 혹은 차갑지 않은 공기가 푸른 화면 속에 가득하다. 몇백 년 흘러도 그 전의 공기는 화석처럼 머무르는 아, 지루한 기억들은 생략되고 여전히 컨베이어 벨트처럼 연결되는 움직임들"(「고속 재생되는 채플린, 채플린 씨들」).

이러한 방식이 가능한 이유는 언어와 이미지가 서로를 집요하게 대칭하면서 이끌고, 표면부터 서서히 스며드는 동시에 물리적이고 화학적 변용을 일으키기 때문이다. 이러한 경계−분절은 시인으로 하여금 자신만의 독창적 문학의 가능성을 창출하도록 만든다. 그리고 그의 질주가 시작되는 곳은 "상징과 기호로만 이루어진 낯선 문장"(「분홍에 대한 은유」)이나 "일 초가 억겁이 되는/당도하기도 전 마음"(「첫사랑을 산다」), "서로 모르는 밤"(「어둠의 맛」), 삶이 죽음과 겹쳐지는 그 모든 모호함의 경계다.

> 살아 있지만 살아 있음을 간과하면 불현듯
> 어둠은 어둠을 견인하고
>
> 나는 나를 추월해 흰 국화로 환생한 적 있다
> 오아시스를 덮고 내 장례식장을 장식한 적 있다
> 몸이 분리되어 대지와 허공으로 한없이
> 사이가 벌어진 적 있다
>
> 한때의 감정으로 펄럭이던 때

벚꽃이 봄을 점령하듯
겁 없이 달려드는 눈빛 살피는 일

가로수의 안녕도 없이
눈 깜짝할 사이 몸 밖을 튕겨 나온 혈액은
장송곡처럼 흘러

달을 추월하고 꽃보다 빠르게 나무를 추월하고
겨우 환생한 사막여우처럼 눈을 동그랗게
멈춘 숨을 토해낸 적 있다

목숨 건 추월엔 경계가 없다
달빛의 지붕에서 낯선 빙하의 담벼락까지

시계는 흰 벽에 꽃으로 피고
오늘을 추월한 오늘처럼
미지의 낯선 행성은 나를 맞아줄 것이다
                            ─「질주의 방식」 전문

　시인은 "나는 나를 추월해 흰 국화로 환생한 적 있다"고 고백한
다. 국화로 환생해 "오아시스를 덮고 내 장례식장을 장식"했다는
것인데, 이러한 죽음의 체험은 스스로의 의지라는 점에서 매우
강렬하다. 몸과 분리된 채로 대지와 허공을 한없이 유영하는 영
혼은 "정염에 그을린 눈빛은 동굴처럼 깊"(「빨강의 자서」)을 뿐인데,
어둠이 어둠을 견인하는 그 지독한 출구 없음의 세계에 그만 갇혀
버린다.

어느 순간, 시인은 살아 있지만, 그 '살아 있음'에 대해 무감각해진 자신을 발견한다. 무엇보다 나이 때문이고, 일에 대한 중압 때문이며, 점차 무기력해지는 감각들의 소진 때문이다. 그때 시인은 자신의 일상이 끝없이 밀려오는 '어둠'을 발견하는데, 그 속에서 한없이 움츠러들고 점점 더 혹독해지는 자신을 발견한다. 흡사 소금에 절여진 배추 같다. '죽음-이미지'라는 단순하고 간결하며 명백한 사건이 찾아온 것이다.

시인에게 죽음의 체험이란 "벚꽃이 봄을 점령하듯/겁 없이 달려드는 눈빛"을 살피는 일이다. "가로수의 안녕도 없이/눈 깜짝할 사이 몸 밖을 튕겨 나온 혈액"처럼 "달을 추월하고 꽃보다 빠르게 나무를 추월하"는 일이다. "겨우 환생한 사막여우처럼 눈을 동그랗게/멈춘 숨을 토해"내는 일이다. 죽음이란 "스밀 몸 없이/지상의 모든 노을처럼 붉은 편재"(「나의 죽음을 알립니다」)이며, "폭주 기관차의 종착지"(「맨스플레인(mansplain)」)와 같은 '목숨 건 추월'인 것이다. 이러한 감각과 사유들은 시인으로 하여금 무척 독특한 문장들을 산출하도록 하는데, "살아 있는 죽음 속에 축적된 걸쭉한 생의 육즙"(「어둠의 맛」)이나 "마음이 입속에 없듯이 그의 표정 안엔 죽음밖에 없다/죽음의 표정은 삶의 절정에서도 나타나는 법"(「물어본다」) 등이 그것이다.

죽음으로 향한 '바라봄'은 '경계-의-없음'이라는 삶의 여백을 확연히 드러낸다. 그 여백은 "달빛의 지붕에서 낯선 빙하의 담벼락까지" 상당히 넓은 범위에 걸친다. 죽음은 도처에 산재한다. 지금 여기에 있다가도 내일 저곳에서 피어오른다. '미지의 낯선 행성'과도 같은 죽음이란 시인에게만큼은 내가 나를 관장할 수 있는 마지막 소실점이다.

*

성향숙 시인은 '바라봄'을 공감각적으로 변이하는 데 탁월하다. 무엇보다 그는 '식어가는 태양'조차 온몸으로 받아들이(「명료한 어둠과 낮의 솔직함 사이」)는 "맨살에 닿는 맥주 캔처럼 서늘한 감각"(「평범 사전」)을 가졌다. 그 감각이 "아침의 눈인사와 지난밤의 잠자리, 손에 쥔 휴대폰/길바닥에 숨은 크고 작은 안녕들/원초적 감정과 본능들"(「염소가 아니어서 다행이야」)을 이끌어내고, "한숨도 비명도 안 지르고 냉동이 되는 거울과 식탁에 앉기도 전 찬밥이 되는 슬픈 아침 인사와 엉뚱한 시간에 멈춰선 벽시계와 너의 시선에 얼어붙는 가엾은 사물들"(「외면의 실루엣」) 또한 은밀하게 살핀다.

이러한 '집중'은 이번 시집에서는 명사의 연속적 배치를 통해 실현된다.

정오의 태양을 향한 편견,
구겨진 종이,
금 간 유리창,
달라진 체온,
빛나는 얼굴에서 타인의 절망에 익숙한 원형

문을 열면
시린 눈에서 증발하는 푸른 하늘과

스며들지 못하는 풍경의 신생들

— 「찌푸림」 부분

산은 넓은 도로가 되고 논밭은 반디앤루니스, CNN시네마,
게젤샤프트뱅크, 쁘랭땅데파트, 미스터피자, 파리바게트, 밀리
언마트……가 된다

— 「코드(code)」 부분

네가 사라졌을 때 표정이 바뀌는 사각의 창문

저 꽃들,
저 구름들,
저 단풍들, 저 붉은 태양
평온을 가장한 거짓에 불과할 뿐

창문의 감정은 낙하한다

— 「창문의 감정」 부분

위 문장들에서 확연히 나타나는 것처럼 시인의 명사는 단지 이
름이나 실존을 불러오는 것에 한정되지 않는다. 그의 명사는 이질
적이고 낯선 이미지의 군락을 형성하며 동시에 단음절의 반복에
서 오는 리듬−이미지를 만들어낸다. 이런 경향은 단어의 두 가지
운용을 가능케 하는데, 우선 「찌푸림」에서 나타나는 '밀어냄'이다.
이 시에서 시인은 '편견', '종이', '유리창', '체온', '원형'과 '푸른 하
늘', '풍경의 신생들' 등 상이하고 이질적인 명사를 연속시키면서
의미의 파장을 좀 더 날카롭게 만든다.

두 번째로, 「코드(code)」나 「창문의 감정」에서처럼 어느 정도 인접성을 가진 단어들의 운용을 통해 만들어지는 '끌어안음'이다. 이때의 의미는 미세한 차이를 인용하면서도 서로 어긋나게 배치하지 않는다. 의미는 선명해지고 두꺼워진다.

이러한 단어의 운용은 시인으로 하여금 하나의 가능성을 실현시킬 수 있는 시작의 방법적 측면을 강화시키는데, 그것은 "나를 구심점으로 생성되는 나선형 계단의 무한 가능성"(「아침의 소용돌이」)이다. 여기서 시인은 자신의 감각을 파고든 대상-이미지들을 태풍처럼 솟구치며 반경의 모든 것을 휩쓸고 뒤틀면서 재편성한다.

계절풍을 뚫고 가지 못하는
어둔 표정의 대척점에
떠밀려가는 은유의 주소지를 더듬는다

계곡의 밤이 거세게 범람한다
어둠을 방황하던
낮은 지붕 여러 개 실족시켰다는 소문이 무성하다

신은 은유를 넘어 울음이 된다

— 「쁘라삐룬(prapiroon)」 부분

신이 말하는 방식으로 태풍이 북상했다. 신이 나타나는 방식으로 일본의 쓰시마섬을 지나 현해탄을 휘돌고 동해로 향했다. 예상보다 더디게 올라오는 터라, '물의 신'은 점점 더 동쪽으로 기울었다. 태풍의 위력은 소형급이지만, 태내에 품은 물의 양은 엄청났다. 이름이 주는 이미지대로, 물의 신은 머물지 않고 관통하며 반경에 들어온 대상들을 억센 완력으로 밀어냈다.

문득, 그는 태풍을 '물의 신'으로 치환하고, 신이 뿌려대는 "눈물 듬뿍 머금은 천만 개 눈알들"조차 신탁의 은유일지 모른다는 생각을 한다. "계절풍을 뚫고 가지 못하는/어둔 표정의 대척점에"저 무지막지한 은유들이 떠밀려가는 것이다. 은유의 힘은 막강하다. 은유의 힘은 "침묵에 갇힌 감각의 정전"(「키스」)이다. 은유는 '울음'으로 가는 태풍이다. 계곡의 밤을 거세게 범람하며, 어둠을 방황하던 낮은 지붕도 여러 개 실족시킨다. "잠시 낯선 시간에 등짝 떠밀려/망연히 바라보는 현관문 틈으로도/꽃피웠던 하루가 한 해가 한 생이/광속으로 빠져나"(「낮잠」)가는 그런 모호한 기분이 들기도 한다. 거대한 힘을 목격하면서, 인간은 비현실적이 될 때가 많기 때문이다. 그러나 은유는 현실을 가장 현실답게 조직하는 언어-이미지의 결정체 혹은 "밤의 바닥에서 잠깐씩 잊힌 신화의 흔적"(「스틸 라이프(still life)」)이다.

비록 시인이 산출하는 언어가 "기형의 나뭇가지들처럼/안쪽으로만 휘어지는 내 안의 푸른 언어들"(「12월」)마냥 개인의 내밀하고 주관적인 은유라 해도 "푹 익어/살짝만 건드려도 뭉개질 것 같은/투명한 현실적 어둠"(「컴컴한 혹은 영원한」)을 간직하고 있음을 우리는 잊어서는 안 된다. 신의 은유가 '울음'을 놓을 수 없는 이유가 바로 여기에 있다.

*

　성향숙 시인의 시선은 그가 언어를 운용하는 방식 — '밀어냄'과 '끌어안음'과 동일하게 작동한다. 사물들이 밝게 빛나는 곳과 그 이면이다. 전자는 "빛의 이름들이 하나의 상징으로 응고되어가던 그곳"으로 "손엔 잠이 오게 하는 지팡이 들고 천상의 탑에서 뛰어 내려와/빛을 입고 태어나 거처하는 신들의 정원"(「그때 거기 있었습니까?」)이고, 후자는 "어둠과 환상이 이끄는/무너지지 않을 담장 안"으로, "늘어선 벽돌담이거나 좁은 울타리 안이거나/골목은 우리들 상상의 공간"(「궁금, 궁금」)이다.

　다시 말해, '빛'으로 환기되는 장소는 신들의 아득하고 높은 시선으로 구분하고 분류하는 '밀어냄'(척력)이 강하게 작용하고, '어둠'의 영역은 인간의 은밀한 이면으로 스미고 교차하는 '끌어안음'(중력)이 세밀하게 작용한다. 특히, '어둠'을 보는 눈은 "귀신이 산다는데/이 방에/글자 귀신이 우글거린다는데/한밤중 깊이 잠든 너를 깨워 내쳤다는데//경계를 없애고 친구 집 들락거리는 방식으로/수학자의 아침을 책임지는 형식으로/사라진 시집은 투명한 바람처럼 발자국도 없이/천장에서 비처럼 쏟아지겠다고/저들끼리 산맥이 되겠다고 세계를 연결하겠다고"(「귀신이 산다」)라는 문장에서 명확히 드러나는 것처럼 '귀신'까지도 소환하며 인간의 욕망과 의지를 확장한다.

　하지만, 그는 시-쓰기는 빛과 어둠의 대칭 혹은 양자의 착란에서 시작한다. 왜냐하면 그의 '바라봄'은 결과적으로 타자의 시선까지 함축하고, 주체의 의지와는 상관없는 무방비 상태로 전시되며 종국에는 빛과 어둠이 서로 교집(交集)하고 상응하는 경계이기 때문이다. 그는 이러한 이중—분절의 시선을 통해 '시'라는 문자—이미지의 특수성을 무대 위로 올린다. 여기서 '시'는 '무대의 배우'와 대칭되고, 시—쓰기의 고통의 무게를 공유한다.

    나는 무방비 상태로 전시되었다
    주어진 시간은 6시간
    긴 테이블엔 꽃, 칼, 와인, 빵, 금속 막대기, 면도날, 총알이
  장전된 권총

    의도와 상관없이
    관객은 신비의 눈빛으로 나를 탐색한다
    한차례 격랑으로 어지럽힌 방을 나가
    꽃을 사 들고 들어오는 아버지의 순해진 뒤통수를 닮아
    그들을 잠깐 오해한다

    꽃과 빵을 건네는 것으로 쾌락은 리듬을 탄다

    눈빛이 달라지는 그들
    나를 테이블에 눕히고 누군 키스를
    누군 다리를 벌려 막대기를 꽂고 누군 배꼽을 쑤신다
    로션을 바르는 거야, 최면은 한 계절을 통과한다
    격렬한 몸부림으로 얻는 쾌락의 크기만큼

아버지는 정말 짜릿했을까?

와인은 혓바닥을 넣어 키스를 하고
면도날보다 더 쓰리게 때리는 꽃과 권총이 되는 빵

살을 베고 목덜미에서 흘러나온 장미꽃을 핥다가
장전된 권총을 내 관자놀이에 갖다 대는
사랑스런 아버지들
드디어 쾌락은 극대화된다
아버지의 쫄깃한 심장 박동을 위해
죽음은 기꺼이 예비되어 있다

면도날이 지나간 흔적과 금속 막대기의 팬 상처들

손에 장미꽃을 든 아버지
가시의 위로는 또 다른 계절의 시작이다

— 「리듬 0」 전문

무대가 있다. 배우는 단 한 사람. '나'라고 불리는 1인칭 주체다.
그는 관객들의 무수한 시선에 노출되고 있지만 무방비 상태로, 6
시간 동안 전시되어야 한다. 그의 왼쪽으로 긴 테이블이 있고, '꽃
과 칼', '와인', '빵', '금속 막대기', '면도날', '총알이 장전된 권총'이
놓여 있다. 그는 암전된 상황에서 고개를 숙인 채 중앙에 서 있다.
블라인드 너머 관객들의 은밀한 귓속말과 숨소리가 자욱하다. 이
제 곧 연기를 시작해야 한다.

무대가 있다. 배우는 전시될 준비를 마치고, 커튼이 열리기를

기다린다. 연기하면서 쓸 도구들은 적당한 간격으로 배치되어 있다. 면도날과 권총은 와인 옆에 두었다. 앞으로 6시간 동안 그는 자신의 삶을 전시해야 한다. 관객들의 시선을 온몸으로 받으며, 내 삶은 발가벗겨진 채. 그는 자신의 삶이 왜 그토록 닫혀 있었는지, 잠시 생각한다. 멀리서 아버지들이 걸어온다. 테이블 위에 꽃과 빵을 집어 든다. 그때만큼은 아버지의 뒤통수는 순하다. 하지만 꽃과 빵을 '나'에게 건네자 눈빛이 달라진다. 그들은 '나'를 테이블 위에 눕힌다. 누구는 키스를 하고 누구는 다리를 벌려 막대기를 꽂는다. 배꼽을 쑤시는 아버지도 있다. 아마도 한 사람이 웃기 시작하자 전염된 듯 모두 격렬하게 웃어댔다.

배우가 있다. 무대는 아직 열리지 않았다. 그는 암전 속에서 선 채로 조금 후 일어날 사건들을 상상한다. 아버지들이 걸어올 것이고, 그들은 몇 가지 도구를 사용할 것이다. 순한 뒤통수와 쾌락은 동전의 양면처럼 같은 얼굴에 달려 있다. 그는 자신의 몸을 아버지들에 맡겨야 한다. "격렬한 몸부림으로 얻는 쾌락의 크기"는 얼마 만큼일까. 아버지들의 일기에는 어떤 문장이 쓰여 있을까. 아버지들은 와인으로 변하고, 때로는 면도날과 꽃과 권총으로 바뀐다. 쾌락과 고통과 아버지들은 동일하다. 그들은 아버지였다가 아버지가 아니었다가 다시 아버지가 된다. 6시간 동안 배우는 온몸에 붉은 물감을 둘러야 한다. 면도날이 지나간 흔적과 금속 막대기로 팬 상처들이 생생하다. 무대 조명이 밝아진다. "식탁의 주인공처럼/마주 앉으면 숨이 막히도록 차가운 고요"(「상투적으로」)가 배우를 감싼다. 이제 그는 무방비 상태로 전시되기 시작한다.

다시, 무방비 상태로 전시되는 사람이 있다. 무대는 텅 비어 있다고 느껴질 만큼 간결하다. 시인은 이 생경한 무대를 준비하며, 몇 가지 도구들도 배치한다. 시나리오는 없다. 오로지 무의식만 있을 뿐이다. 시인은 갑자기 아버지들을 불러낸다. 단수가 아닌 복수의 아버지다. 시인은 그들이 어떤 행위를 하든 관심이 없다. 숨 막히는 간지러움도 여기서는 용인된다. 그런데, 그들은 아버지라 불릴 뿐 아버지가 아니다. 단지 주어를 기표로써 제시된다. 아버지가 아닌 까닭으로, 그들은 욕망이 향하는 모든 '것'이 될 수 있다. 시인은 '아버지-기표'에 '엑스-표'를 덧댄다. 존재하지 않기 때문이다. 아버지가 없으므로, 시인은 자신을 '무방비 상태로 전시되는 사람'으로 만들어버린다. 시인은 "울음조차도 일으킬 수 없는 청결한 죽음"(「지평선을 바라본다」)이 객석을 가득 메우고 있음을 알아차린다.

*

시를 쓰는 것은 바로 죽음과 마주하는 일이다. 성향숙 시인의 시-쓰기는 그렇다. "태양을 다 녹이고도 모자라 나무를 녹이고 지붕을 녹이고 도로를 녹"(「권태」)이는 방법적 치열함에서 시작한 것인데, 그는 대상을 시인의 심장에 가두고 '녹임'으로써 세상에 단 하나뿐인 문장을 산출한다. 죽음에 가까이 간 자만이 이끌어낼 수 있는 서늘한 문장들이라 해도 과하지 않다. 그는 자신의 삶을 내파(內波)한 빛과 어둠의 이중-시선을 철저히 파헤쳤다. 그때마다 세계의 끝에서 죽음 그 너머를 바라보는 시들이 시인의 비명과 울음 속에서 피어올랐던 것이다.

朴星炫 | 시인

푸른사상 시선 116

염소가 아니어서 다행이야